Niemandsland Prora

AF189786

Für Gudrun und Sebastian

und

zur Erinnerung an meinen Vater,

der mich das Denken lehrte.

„Es ist nicht leicht, ein Mensch zu sein. Noch schwerer ist es, ein zufriedener, ein anständiger, ein guter Mensch zu sein. "

Bruno H. Bürgel

„Beim heutigen Stand der Dinge ist eben doch der Sozialismus die einzige Lehre, die an den Grundlagen unserer falschen Gesellschaft und Lebensweise wenigstens ernstlich Kritik übt. "

Hermann Hesse

Matthias Stark

Niemandsland Prora

Roman

Atelier – Galerie Stark

Bibliografische Information der Deutschen Nationalbibliothek:
Die Deutsche Nationalbibliothek verzeichnet diese Publikation in
der Deutschen Nationalbibliografie; detaillierte bibliografische Daten
sind im Internet über http://dnb.dnb.de abrufbar.

Titelillustrationen: Gudrun Stark
Lektorat und Korrektorat: Christiane Stark

Herstellung und Verlag: BoD – Books on Demand, Norderstedt

ISBN: 978-3-7460-3799-8

1

Ein Schnellzug durchschneidet den Sommer und Stefan denkt ans Sterben, an das Sterben, das seinem Großvater Alfred bevorsteht. Der Jugendliche hat die Augen geschlossen. In seinen Ohren vibriert der Sound seiner Lieblingsmusik. Die Finger spielen im Takt.

Mancher Reisende döst beim Zugfahren in Vergangenes, andere denken an gar nichts und manche an zu Erwartendes. Stefan sieht Künftiges vor sich. Er fährt nach Norden, genauer, den Norden im Osten, an die See. Die Gegend hat er seit einer Ewigkeit nicht mehr besucht. Es ist eine Reise, die auf Kämpfen ruht, eine Reise, die erkämpft werden musste. Und der Gegner in diesem Kampf war ausgerechnet sein Vater gewesen. Zuerst war es strikte Ablehnung, die sich zu Hause breitmachte, als der Brief vom Großvater kam. Ein Brief kann vieles bewirken, und in diesem Fall erzeugte er Streit. „Zum alten Bonzen fährst Du nicht", war das Erste, was Vater ihm an den Kopf warf. Mit dem „Bonzen" war der Großvater gemeint, den Stefan nun schon so viele Jahre nicht gesehen hat. Dunkel und schemenhaft ist seine

Erinnerung an den Vater des Vaters. Das Band zwischen dem Großvater und seinem Sohn war seit vielen Jahren durchtrennt und nichts schien darauf hinzuweisen, dass es je geflickt werden könnte. Für jeden war der jeweils andere ein Verräter und Feigling.

Vor dem Fenster breitet sich bis zum Horizont die Mecklenburger Landschaft aus. Vereinzelt stehen Kühe auf den Weiden. Ein Wunder, dass es manchmal noch welche gibt und die Tiere nicht des Aufwandes wegen gleich ohne Freigang in Kuhgefängnissen gehalten werden. Flirrende Hitze draußen, ein wahrer Hochsommertag, und der Zug rollt seinem Ziel entgegen. Die Klimaanlage des Großraumwagens arbeitet mit voller Leistung. Gemurmel schwirrt umher, Gesprächsfetzen dringen zu Stefan vor, erreichen aber sein Inneres nicht. Er denkt an den Konflikt zwischen Vater und Opa, den er kaum je richtig kennenlernen durfte und für den nun, das steht nach dem Brief so ziemlich sicher fest, die Lebensuhr abzulaufen scheint. Dieser Konflikt existiert, solange Stefan denken kann, immer stand er in der Familie im Raum, mal ausgesprochen, aber meist als unausgesprochene Tatsache, versteckt hinter vielen Andeutungen, spitzen Bemerkungen und Feindseligkeiten.

Stefans Vater, Michael Stern, war im Sommer 1989 auf abenteuerliche Weise aus der DDR geflohen. Die Bilder der Flüchtlinge, die sich über Ungarn gen Westen abgesetzt hatten, kennt Stefan zur Genüge. Die Tatsache dieser Flucht war für den Großvater, der als linientreuer Parteisekretär in einem großen Betrieb tätig gewesen ist, Grund genug, mit seinem Sohn zu brechen. Selbst nach den vielen Jahren scheint es unmöglich zu sein, dass Vater und Großvater sich aussprechen und vernünftig miteinander umgehen. Für Stefans Vater ist Opa der Parteibonze geblieben, in der Familie wird er nur „Der Bonze" genannt. „Bonze, Bonze, Bonze…", die Räder auf der Schiene scheinen sich lustig zu machen über Stefans Familienverhältnisse. Dabei wurde früher noch manchmal diskutiert, ob man sich verzeihen könnte, alles sei doch schon so lange her. Aber Vater hatte mit seiner Zeit im Osten gebrochen und war nicht gewillt, daran etwas zu ändern.

Stefan aber hat sich, nicht zuletzt durch die besänftigenden Worte seiner Mutter, durchgesetzt. „Michael, lass den Jungen doch fahren, vielleicht sieht er seinen Opa das letzte Mal." Die typischen Versuche von Frauen, die Männer, egal welchen Alters, versöhnen wollen und es doch meist nicht schaffen.

Ein Haltesignal gebietet dem Zug, abzubremsen und schließlich auf freier Strecke stehen zu bleiben. Einen Steinwurf weit ein Gehöft, bunte Wäsche hängt auf der Leine. Ein Hund döst vor seiner Hütte. Ihm ist anzusehen, dass es sein letzter Sommer sein wird. Stefans Blick gleitet über die Weite. In vielen Urlaubsreisen hat er schon so manchen Ort auf der Erde gesehen. Spanien, Italien, Griechenland und einmal sogar Kanada. Aber die weiten Felder Mecklenburgs haben ihren besonderen Charme. Das Korn steht kräftig auf den Halmen, die Ernte scheint die Scheunen zu füllen in diesem Jahr. Die Feldarbeit ist in vollem Gange, eine Wolke aus Häcksel und Staub liegt über dem Feld. Dazwischen vereinzelt Menschen mit bunten Mützen. Eine Frau hebt den Kopf und blickt in Richtung Zug.

Sie wischt sich mit der Hand über die Augen. Warum müssen manchmal die Züge auf freier Strecke anhalten? Besinnung? Sie können doch nur in einer Richtung weiterfahren. Wenn Menschen innehalten, dann erwägen sie vielleicht Möglichkeiten, der Zug hat keine Wahl. Stefans Geduld ist fast aufgebraucht, da ruckt die Bahn an. Noch etwas über eine Stunde, dann ist das Ziel erreicht.

2

Türenschlagen, Rucken und der Sonderzug der Deutschen Reichsbahn setzt sich in Bewegung. Auf dem Bahnsteig stehen neben Uniformierten einige Mütter, die sich ihre Tränen wegwischen, daneben die dazugehörigen Männer. Der Bahnsteig verschwindet aus dem Blickfeld, der Zug verlässt die Halle und Michael lehnt sich zurück. Nun geht es los. Das ist also der Beginn seiner dreijährigen Armeezeit. Mit seinen 19 Jahren ist er schon einer der Älteren, viele hier in diesem Zug sind gerade 18 geworden. Das Abteil ist voll besetzt, es herrscht

Stille; wohl weil niemand so recht weiß, was ihn in den nächsten Stunden erwarten wird.

Michas Gedanken wandern zurück. Er sieht sich als Sechzehnjähriger bei der Musterung. Damals war die Armeezeit noch weit weg und auf die Frage, ob er sich für den Frieden einsetzen wolle, konnte er natürlich nur mit „Ja" antworten. Wer würde sich nicht für den Frieden einsetzen wollen. Und er würde seinen Beitrag leisten, um ihn zu schützen. So wurde ihm das zumindest klargemacht und er verstand das. Außerdem könne er sich bei einem verlängerten Wehrdienst die Waffengattung aussuchen, zu der er einberufen werden möchte und er könne natürlich mit der Unterstützung der „zuständigen Stellen" rechnen, wenn er studieren wolle. Außerdem wüsste er genau, wann er einberufen würde, könne sein Leben besser planen.

Der Offizier hatte ihn besoffen geredet. Zuletzt hatte Micha seine Verpflichtung unterschrieben und von da an gewusst, dass er ab dem heutigen Tag für drei Jahre zur „Asche" muss. Seine Eltern hatten nicht viel dazu gesagt, selbst der Vater zeigte ihm mit fast unmerklichem Kopfschütteln, dass er nicht sehr stolz auf die Entscheidung seines Jungen war.

Als Micha erfuhr, dass er auf Rügen stationiert werden würde, hatte er es zunächst gar nicht glauben wollen. Im Vorjahr war er nur wenige Kilometer entfernt in Göhren im Urlaub gewesen. Mit einem Freund hatte er gezeltet. Es waren Traumferien. Mehr als einmal waren ihnen marschierende Soldaten auf Plattenstraßen im Nirgendwo begegnet. „Wenn du hier zur Armee musst, bist du verraten und verkauft", hatten sie damals befunden. Und nun war Micha genau dorthin unterwegs.

Man hatte ihnen gesagt, dass mit der Ankunft nicht vor dem nächsten Morgen zu rechnen sei. Der Sonderzug fuhr nicht auf direktem Weg zur Insel, sammelte an mehreren Orten der Republik weitere junge Menschen ein. Es lagen also noch einige Stunden Fahrt vor ihnen. Im Abteil wurde noch immer wenig gesprochen, man hing seinen Gedanken nach. Für viele war es der erste lange Abschied von daheim. Im Gegensatz zu Reisen ins Ferienlager oder zu Klassenfahrten war das hier keine Vergnügungsreise. Man war auf dem Weg Soldat zu werden. Das war ernst für die meisten der Jungen.

Es gab ein striktes Alkoholverbot. Aber ebenso selbstverständlich wie dieses Verbot war es, welchen mitzunehmen. Immerhin hatte Micha schon einige Erfahrung, sich beim Alkoholtrinken nicht erwischen zu lassen. Als Lehrling hatte er erlebt, wie sich die älteren Kollegen während der Dienstzeit gern mal einen hinter die Binde kippten. „Dienstfähigkeit und Alkohol – zwei unversöhnliche Gegensätze" stand am Spiegel ihrer Werkstatt. Was die Kollegen nicht daran hinderte, den Lehrling ab und an eine Flasche „Blauen Würger" holen zu lassen und ihn anschließend vorzeitig nach Hause zu schicken. Irgendwann hat er dann einfach mitgetrunken und gehörte von da an, obwohl noch Lehrling, einfach dazu.

Mit der einsetzenden Dunkelheit löst sich die Stimmung. Im Nachbarabteil hat man die Alkoholvorräte hervorgeholt. Zwar müssen alle aufpassen, dass sie von der mitreisenden Militärstreife nicht erwischt werden. Vermutlich wissen die aber ganz genau, dass in diesem Zug getrunken wird und dass niemand etwas dagegen tun kann. Ab und zu ist das Geräusch einer auf dem Schotter der Bahngleise zersplitternden Glasflasche zu hören. Der Häufigkeit des Geräuschs nach zu urteilen, scheinen sich unvorstellbare Alkoholvorräte in diesem Zug zu befinden. Obwohl jeder nur eine Tasche mit Handgepäck mitführen darf, sind es viele, sehr viele Flaschen mit Hochprozentigem, die entleert ihren Weg auf den Schotter finden in dieser Nacht. Der Zug singt ... dadamm, dadamm.

Langsam fällt das Sitzen schwer. Der Bahnhof Schwerin wurde eben durchrast, der Zug scheint im Norden angekommen zu sein. Draußen ist es stockdunkel. Ein paar Regentropfen hängen an den Fensterscheiben. Der Alkohol ist restlos aus, es herrscht Stille im Abteil und außer dem Rhythmus des fahrenden Zuges, der sie unaufhaltsam der Insel näherbringt, ist nichts zu hören. Micha ist kurz eingenickt, hat wirr geträumt und dann wieder den Gedanken an zu Hause nachgehangen, alkoholischer Halbschlaf.

Er weiß nicht, was ihn erwartet, er weiß nicht, ob es richtig ist, freiwillig zur Armee zu gehen und wann er wieder mal nach Hause kann. Er ist noch gar nicht angekommen und wünscht sich schon in sein altes Leben zurück.

Er wird munter, als der Zug hinter Stralsund scheppernd über die Stahlbrücke des Rügendammes fährt. Die Bahn lässt das Festland hinter sich. Im Osten dämmert der neue Tag herauf und nach reichlich dreißig Minuten Fahrt beginnen die Bremsen zu quietschen. Langsam schiebt sich am Fenster des Zuges ein Bahnhofsschild vorbei, auf dem der Name des Zieles dieser Reise zu lesen ist: Prora.

3

Auf dem Bahnhof der Kreisstadt herrscht Gedränge. Urlauber hasten mit Taschen und Koffern zu den Ausgängen. Als der Zug bereits wieder abgefahren ist, steht Stefan noch immer am Bahnsteig. An der Treppe sieht er den Großvater stehen. Hemdsärmelig, einen Strohhut auf dem Kopf, hebt der Alte den Arm und versucht ein Winken. Stefan erkennt ihn kaum wieder. Der Großvater erinnert Stefan an den alten Christopher Plummer. Die Zeit verändert die Menschengesichter, das Leben gräbt Spuren und streut Erfahrungen hinein. Der Junge geht langsam auf den Alten zu und gibt ihm die Hand. „Hallo, ich bin der Stefan, kennst Du mich noch?" Der alte Mann nickt, ein Lächeln umspielt seine Lippen. „Schön, dass Du da bist", sagt er und brummt nach kurzer Zeit hinterher: „Hätte nicht gedacht, dass Du kommst." Stefan überhört es, er weiß um die Gefahren, die Worte auslösen, wenn sie in leisen Sarkasmus gekleidet werden. Er erkennt den Vater im Großvater wieder. „Ich soll schöne Grüße ausrichten, vor allem von der Mutter." Und schon brummt es wieder. „Vom Vater doch wohl nicht." Die beiden gehen, so schnell der Alte kann, zum Ausgang. Die Hitze schlägt ihnen entgegen. Sie steigen in das Auto des Großvaters ein. Das Gefährt hat seine beste Zeit noch im letzten Jahrhundert erlebt. „Alt, aber bezahlt." Stefan lächelt in sich hinein. Genau das hatte er auch eben gedacht.

Sie fahren auf einer Landstraße dem Dorf entgegen. Langsam, denn das Kopfsteinpflaster aus der Zeit, als der elektrische Strom noch ein

Märchen aus fremden Ländern war, lässt keine richtige Geschwindigkeit aufkommen. Das Auto galoppiert den Weg entlang. Stefan hat die Seitenscheibe heruntergelassen und atmet tief. „Wie weit ist es bis zum Strand?", fragt er. „Acht Minuten mit dem Rad oder zehn durch die Dünen zu Fuß. Ist aber verboten." Der Großvater brummt wieder. Das Brummen scheint seine Art der Verständigung zu sein. Seit dem Tod seiner Frau wohnt er allein in der Kate, die er sich, als es keiner Parteisekretäre mehr bedurfte, vom Ersparten gekauft hatte.

Damals war es noch möglich, hier ein Stückchen Glück zu erwerben. Damals wollten nur noch wenige an die Ostsee, die weite Welt lockte und für kurze Zeit war manches zu haben. Das ist längst vorbei und der brummende Alte hätte mehrfach schon das Stückchen Land und die Kate für gutes Geld verkaufen können, wenn er gewollt hätte. Aber er ist hier heimisch geworden, hat sich eingegraben und ist angewachsen in der Gegend.

Da, wo er herkam, ist er als ehemaliger Funktionär bekannt und wird geschnitten, hier kennt man seine Vergangenheit wenig und interessiert sich auch kaum dafür. Zu viele Zugezogene wohnen hier, als dass man sich um jeden kümmern könnte. Das tut dem Alten gut, sich nicht immer rechtfertigen müssen für das frühere Leben. Rechtfertigen für das, was einmal als richtig galt und heute verächtlich gemacht wird. Das Auto hält vor dem Haus, das sich unter einer Linde duckt und auf die Ankömmlinge blickt. „Da sind mir", sagt der Großvater zu Stefan. „Komm ins Haus und fühl dich wohl."

Der alte Mann kann, obwohl er nun schon fast zwei Dutzend Jahre hier im Norden lebt, seine Herkunft nur schlecht verbergen, seine Heimat trägt er auf der Zunge mit sich herum. Stefan tritt in die Diele. Er zieht den Kopf ein, weil er glaubt, gleich an die Decke anzustoßen. „Schuhe brauchste nich erst ausziehen." Der Achtzehnjährige fühlt sich ein wenig fremd. Er hat das Haus des Großvaters viel größer in Erinnerung. „Mann, hast Du viele Bücher." Stefan staunt, als er in das Wohnzimmer kommt. Zu Hause gab es nur ein kleines Bücherbord, gelesen wurde nicht viel in seiner Familie, und wenn, dann Zeitung oder die

bunten Illustrierten der Mutter. Nur er selbst
hatte gelesen, zuerst das, was das Gymnasium
vorgab und auch sonst manchmal etwas aus der
Bibliothek der Kleinstadt.

„Kannste alle durchlesen, Junge." Der
Großvater schlurft in die Küche. „Haste
Hunger?" „Ja, schon." Stefan hatte seit dem
Morgen nichts mehr gegessen. Beide setzen sich
an den Küchentisch. „Nu, erzähle, wie geht's bei
Euch zu?" Stefan beginnt zu erzählen, zaghaft
zuerst, denn der Mann neben ihm ist ihm ein
wenig fremd, obwohl er sich daran erinnert, dass
er als Kind schon ein paar Mal hier gewesen ist.
Damals lebte auch die Großmutter noch. Die
machte ihm immer Plinsen, die er so gern aß.
Heute aber gibt es Brot und Wurst beim
Großvater, dazu für jeden eine kleine Flasche
Bier. Stefan erzählt zwischen Beißen, Kauen und
Schlucken von zu Hause. Der Vater sei noch
immer in der Firma beschäftigt, wie vor Jahren
schon. Die Mutter kuriere ihr Rückenleiden aus
und habe die Arbeit aufgegeben. „Vater redet
immer noch schlecht von Dir." Zaghaft
kommen ihm diese Worte über die Lippen.
„Das glaub ich wohl, von dem Flüchtling is

18

nischt anderes zu erwarten." Ein Schluck aus der Flasche besiegelt diesen Satz. Stefan nimmt seinen Mut zusammen. „Warum kannst Du eigentlich nicht verstehen, dass der Vater damals in den Westen gegangen ist?" „Gegangen is nich ganz richtig, abgehaun is er, über Ungarn raus, wie so viele." Der alte Mann nimmt einen großen Zug aus der Flasche. Er rülpst leise. „Dein Vater wollte kein besseres Land, der wollte nur selber besser leben, egoistisch ist das." Der Alte brummt wieder.

„Am besten wird sein, wir reden da in den nächsten Tagen mal drüber, aber nich beim Bier, da wird es schnell komisch." Stefan war es recht, er wollte auf keinen Fall Streit. „Wie lange willst'n bleiben?" wollte Alfred wissen. „Ich denke, ein, zwei Wochen oder so." Stefan wusste das selbst noch nicht richtig. Es ist noch ein Jahr bis zum Abi, jetzt waren Sommerferien und er hatte nichts anderes vor. Sein Wunsch war, in diesem Sommer den Großvater noch mal zu sehen und mit ihm über seine Familie zu sprechen. Er hatte Zeit im Gepäck. Wie es aussah, wird es der letzte Großvatersommer sein, keine Eile also. „Wie geht es Dir denn nun eigentlich? Wir waren alle erschrocken nach Deinem Brief." „Die Ärzte sagen einem ja nischt Genaues, aber der Blick vom Doktor sprach Bände. Mein Leben wird vorbei sein, ehe der Herbst die Blätter färbt, denke ich." Der alte Mann sprach direkt. Er wollte wohl keine Zeit mehr opfern für sprachliche Umwege. „Deshalb freu ich mich auch, dass Du gekomm bist. Ich hätt's fast nicht geglaubt." Er strich Stefan über die Stirn. „En Mann biste geworden, en richtiger Mann."

Sie stellen das Geschirr in die Spüle. Jeder nimmt sich noch ein Bier. Dann gehen beide ins Wohnzimmer zu den Büchern zurück. „Menschen ohne Bücher sind nur halb uff de Welt", sagt der Alte. Im Bücherregal geben sich die Klassiker ein Stelldichein mit den DDR-Literaten, aktuelle Bestseller stehen neben zerlesenen Schwarten. Stefan tritt heran. Er sieht Bücher von Kant, Immanuel und Hermann. Beide Kants vertragen sich seit Jahren prächtig nebeneinander in diesem Regal. Den einen kannte Stefan aus der Schule, den anderen nicht. Viele Bände Marx, daneben auch ein paar abgegriffene Krimis. Stefan schmunzelt. Auch

Opa konnte also nicht nur ernst sein. „Hier, das musste mal lesen." Der Großvater zieht ein abgegriffenes Buch aus dem Regal. „Ole Bienkopp" steht auf dem eingerissenen Einband. „Immer noch aktuell, der olle Strittmatter. Obwohl sie auch ihm ans Zeug gehen in den letzten Jahren." Er gibt Stefan das Buch. „Handelt von einem, der die Welt besser machen wollte, als sie ist und daran kaputt ging." Und fügt hinzu „Kann auch heute noch passieren." Der Großvater lächelt. „Ich zeig Dir mal Dein Zimmer." Auf der Treppe sagt er zu Stefan „Und morgen gehen wir angeln."

4

Ein letztes Rucken, der Zug hält. Türen gehen auf, lautes Rufen, Stimmengewirr. Langsam drängen die Neuankömmlinge hinaus, die kalte Morgenluft schlägt ihnen entgegen. Ein ungewohnt rauer Ton von Befehlen dringt zu den jungen Männern. „Beeilung, Beeilung! Ruhe da vorn, antreten!" Namen werden gerufen und schließlich steht Micha in einer Gruppe von zwanzig Leuten, scheinbar zufällig zusammengewürfelt und nun eine kleine Schicksalsgemeinschaft. „Hallo." Man begrüßt sich ohne große Worte und sofort heißt es, Gepäck aufnehmen und in Richtung Bahnsteigende losmarschieren. Müde machen sich die jungen Leute im Halbdunkel dieses Maimorgens auf den Weg. Begleitet wird die Kolonne an der Seite und hinten von Uniformierten. Die Kälte dieses Morgens kommt nicht nur vom Wetter.

Nach wenigen hundert Metern ist das große, graue Kasernentor erreicht. Eine Fahne mit Hammer, Sichel und Ährenkranz weht am Eingang. Das Tor wird geöffnet, dahinter ist ein riesiger, freier Platz sichtbar, ein Sportplatz mit Fußballtoren und in der Ferne Gebäude. „Zusammenbleiben, Beeilung!", rufen die Uniformierten. Nachdem der Letzte das Tor passiert hat, schlägt es mit einem dumpfen Ton zu. In der Gruppe wird leise gemurmelt. „Das war's, nun sind wir drin." Die Uniformierten brüllen sofort los. „Ruhe hier oder Sie lernen uns kennen." Die Kolonne wird über den Platz in Richtung der entfernt liegenden Gebäude geführt. Beim Näherkommen wird Micha das gewaltige Ausmaß dieses Komplexes bewusst.

Ein Monstrum taucht da aus dem Morgennebel vor ihm auf. Nachdem die Gruppe auf der Betonstraße über einen Platz mit einem Denkmal gelaufen ist, biegt sie nach rechts ab. Und nun wird vor ihnen die langgestreckte Häuserzeile der Kaserne sichtbar. Eine scheinbar endlose, miteinander verbundene Reihe von sechsstöckigen Gebäuden, unterbrochen von Treppenhäusern, sie verlieren sich in der Ferne.

Ein Gebäudekomplex derart gigantischen Ausmaßes hat vorher noch keiner der jungen Leute gesehen. Doch zum Staunen bleibt gar keine Zeit. „Gruppe halt!", befiehlt ein junger Uniformierter. Der unmilitärische Haufen bleibt stehen. Einige frieren in ihren dünnen Zivilhemden. Von der Seite tritt ein Offizier heran. „Guten Morgen, wir begrüßen Sie hier zu Ihrer Ausbildung. Mein Name ist Hauptmann Bobersen, ich bin Ihr Kompaniechef. Sie werden jetzt von den Genossen Unteroffizieren in Ihre Unterkunftsbereiche geführt. Danach werden Sie frühstücken und dann erfolgt die Ausgabe der Ausrüstung." Der Hauptmann ist ein geborener Militärmensch. Sein schmales

Gesicht und sein ganzes Auftreten lassen erkennen, dass er ein strenger Vorgesetzter ist, der keinerlei Widerspruch duldet. „Und noch etwas. Während der Grundausbildung gibt es für Sie hier auf dem Gelände nur eine Art der Fortbewegung, den Laufschritt. Haben Sie das verstanden?" Leises Gemurmel aus der Gruppe ist die Antwort. „Ich habe Sie nicht verstanden." Der Unteroffizier schreit den jungen Leuten zu. „Das heißt: Jawohl, Genosse Hauptmann! Los, antworten Sie!" Die Gruppe versucht es. Das Ergebnis ist das eines schlecht einstudierten Chorgesangs. Der Kompaniechef scheint trotzdem vorerst zufrieden. „Na, das wird schon werden." Der Unteroffizier übernimmt nun das Kommando, seine Stimme wird von Möwengeschrei begleitet. „Im Laufschritt, Marsch!" Die Gruppe setzt sich in Bewegung und legt die etwa vierhundert Meter bis zu „ihrem" Treppenhaus zügig zurück. Keuchend kommen die letzten an. Schon jetzt erkennt der Unteroffizier, dass es ziemliche Unterschiede in den physischen Möglichkeiten der Ankömmlinge gibt. Daran wird in den nächsten Wochen zu arbeiten sein. „Gruppe halt! Stellen Sie sich in einer Marschformation auf, drei

Reihen, drei Mann in einer Linie, der Größe nach." Es dauert eine Weile, bis sich die jungen Leute sortiert haben. „Sie begeben sich jetzt in das vierte Stockwerk und warten im Vorraum. Zuerst die mittlere Reihe der Marschformation, dann die rechte, zuletzt die linke Reihe. Im Laufschritt Marsch!" Der ungewohnte Ton schlägt Micha aufs Gemüt. Die im Morgennebel liegenden Gebäude, die lange Zugfahrt und letztlich auch Hunger bewirken, dass die Stimmung auf dem Tiefpunkt ist.

Oben angekommen, werden die Neuen auf die Stuben aufgeteilt, sechs Mann in einer. Drei Doppelstockbetten stehen darin, sechs Spinde dazu. Beim Betreten der Stube bleibt Micha glatt die Spucke weg. Durch das Fenster sieht er zum ersten Mal auf die Ostsee. Die aufgehende Sonne lässt die Nebelreste in rötlichem Licht erstrahlen, gleißende Helle ergießt sich auf die Wellen. Über die Dünen hinweg ist der Strand zu erkennen. Durch das geöffnete Fenster dringt Möwengeschrei und das Rauschen der Brandung. Für einen kurzen Augenblick könnte man an Urlaub denken. Doch die Befehle auf dem Flur holen Micha in die Wirklichkeit zurück. „Beeilung, Beeilung. Auf dem Flur antreten!" Alle treten hinaus. Militärisch gesehen steht da ein jämmerliches Häufchen von Jungs in einer Linie, krumm wie ein Kuhschwanz. Alle haben noch ihre Zivilklamotten an, karierte Hemden neben gestreiften und einfarbigen, Jeans neben Cordhosen und fast alle haben ihre Hände in den Hosentaschen. Vom Ende des Flures kommt ein Uniformierter näher. Er trägt glänzende Stiefel, dazu Stiefelhosen und macht ansonsten überhaupt einen zackigen Eindruck. Er bleibt vor den Angetretenen stehen. Seine Stimme erreicht eine Lautstärke, die schon fast an Brüllen grenzt und dabei doch ganz fest bleibt. Die Stimme überschlägt sich nicht und ihr Besitzer ist sich seiner sehr sicher. „Nehmen Sie die Hände aus den Hosentaschen, das ist unmilitärisch!" Alle ziehen augenblicklich ihre Hände hervor. „Mein Name ist Oberfähnrich Dickwein, ich bin Ihr Hauptfeldwebel und damit verantwortlich für alle Fragen der Bekleidung, Ausrüstung und Verpflegung. Außerdem bin ich zuständig für Ihre Ausgangs- und Urlaubsscheine. Sie sollten also immer darauf bedacht sein, dass ich bei guter Laune bin." Während des Sprechens blitzte ein Goldzahn im

Mund des Oberfähnrichs. Ein verschmitztes Lächeln begleitete jedes seiner Worte. Der Mensch scheint aus der Leipziger Ecke zu stammen. Seine Art ist humorvoll und trotzdem streng, geradezu unnachgiebig. „Aber an Ausgang und Urlaub müssen Sie jetzt ja noch nicht denken. Sie gehen nun auf Ihre Stuben und ziehen die bereitliegenden Trainingsanzüge an. Dann nehmen Sie Ihr Besteck und treten wieder hier auf dem Flur an." Die Mannschaft zieht sich zurück. Wenig später treten sie wieder hinaus, bekleidet mit einem braunen Trainingsanzug der NVA mit den rot-gelben Seitenstreifen am Oberteil. Nun ist die Individualität merklich geschrumpft.

Der Oberfähnrich, die „Mutter" der Kompanie, ist zufrieden. „Treten Sie in einer Reihe an! Ein bisschen plötzlich, wenn ich bitten darf." Die Reihe formierte sich und auf Kommando wurde losmarschiert. „Rechts um, ohne Tritt Marsch!" Der Speisesaal befindet sich im Erdgeschoss, fünf Treppenhäuser entfernt. Jeder bekommt zwei Brötchen, einen Teller mit Marmelade und Butter, dazu lauwarmen Malzkaffee. Die Tische haben schon bessere

Zeiten gesehen, als Sitzgelegenheit dient für jeden Rekruten ein Hocker. Schweigend beginnt man zu essen. Das erste Brötchen ist gerade mal angeschnitten, da ertönt die Stimme eines Unteroffiziers. „Fertig werden, noch fünf Minuten." Alle schlingen hungrig ihre Semmeln hinunter. „Alles auf!" Mancher hat sein zweites Brötchen noch nicht geschafft. Alle müssen nun in einer Waschküche ihr Besteck säubern. Dort gibt es eine Wasserleitung mit zehn Hähnen, alle für kaltes Wasser. Ein großer Behälter enthält ein weißes Pulver. Da kaltes Wasser das Fett so gut wie nicht löst, hilft nur dieses Wundermittel.

Draußen treten wieder alle an. Es wird in einer Art von Gleichschritt zurück zur Unterkunft marschiert. Die jungen Männer sind müde, müssen aber diesen ersten Tag noch für viele Stunden durchhalten. Einkleiden, Schrank einräumen, Betten bauen und viele dieser Dinge mehr lassen die Stunden vorübereilen. Am Nachmittag wird für jeden eine Waffe ausgegeben. „Die Waffe ist die Braut des Soldaten", sagt der Kompaniechef. Das löst ein wenig Heiterkeit aus, die sofort unterbunden wird. „Ruhe, oder Sie lernen mich kennen." Die

Unteroffiziere, drei an der Zahl für jeden Zug der Kompanie, laufen zur Höchstform auf. Sie haben Macht, Macht über die Neuankömmlinge, die sich erst in diese neue, ihnen völlig unbekannte Welt des Soldatseins einleben müssen. Diese Macht wird weidlich ausgekostet, wohl wissend, dass sie nie wieder so groß sein wird wie in diesen ersten Tagen nach der Ankunft. Die Neuen werden schnell lernen, wie man mit dieser Macht umzugehen hat, sie unterwandern oder sich ihr entziehen kann.

Am Abend dann wird zum allgemeinen Stiefelputzen gerufen. Alle treten auf dem Flur an, ausgerüstet mit Schuhbürste und schwarzer Schuhcreme. Man beginnt die zwei Paar Stiefel, die jeder erhalten hat, auf Vordermann zu bringen. Auch Micha versucht, den schwarzen Glanz noch glänzender zu bekommen. Da kommt einer den Gang entlang geschlendert. Bekleidet mit dem üblichen braunen Trainingsanzug. Nur die rot-weißen Streifen an den Beinen verraten, dass es sich um einen Berufssoldaten handeln muss, die Wehrpflichtigen haben diese Streifen nur am Oberteil. Er ruft: „Stern, wer ist der Stern hier."

Und noch einmal. „Stern!" Micha hebt vorsichtig die Hand. „Hier!" Der Ankömmling kommt näher. Ein Grinsen sitzt in seinem Gesicht. Seine Haare fallen ihm in die Stirn. Sie rufen förmlich nach Wasser und Shampoo. Ein Unteroffizier fährt Micha an. „Das heißt: Hier Genosse Unterfeldwebel!". Der Grinsemann beruhigt. „Der Stern kann ja nicht wissen, wer ich bin, lass gut sein." Und zu Micha gewandt: „Sie kommen aus der Lausitz?" Micha antwortet: „Ja". „Ich nämlich auch."

Einer aus der Nachbarschaft, aus der Heimat und dann auch noch so ein Blödmann. Er sagt: „Aha." „Was gibt's denn Neues zu Hause?" „Alles beim Alten." Die Auskunft ist nichtssagend. „Ich bin der Unterfeldwebel Wisch, wir werden noch miteinander zu tun haben." Dann geht er davon. Er hat den Gang eines Generals, aber nur wenig Hirn unterm Fetthaar.

Wieder auf der Stube zurück, haben die sechs Insassen für ein paar Minuten zum ersten Mal die Möglichkeit, sich richtig bekannt zu machen. Da ist ein Rostocker, Spitzname Hansa. Er raucht, als wäre er süchtig. Uwe aus Schwedt scheint gut im Futter zu stehen. Sven aus Neubrandenburg hat Abitur, die anderen merken es gleich. Außerdem ist da noch Jens aus Berlin. Er sieht nach Unschuld aus der Großstadt aus, aber hinter den Ohren ist Platz für jede Menge Gewieftheit. Und aus Erfurt kommt Torsten. Der scheint wirklich Unschuld mitgebracht zu haben. Sven blickt Micha an und zwinkert ihm zu. „Wir werden das schon packen!" Ein wenig Optimismus schadet ja nie. Wenig später beginnt für die Neuen die erste Nacht in der Fremde. Alle fallen nach dem anstrengenden Tag in einen traumlosen Schlaf.

5

Der Sommertag beginnt für Stefan mit einem ausgiebigen Frühstück. Der Alte war schon früh auf gewesen und hatte bereits Brötchen besorgt. Schönwetterwolken betupfen das Himmelsblau und machen dem Großvater Lust auf ein Gespräch. „Warste schon mal angeln?" „Ne, noch nie", gab Stefan zu. „Ist nicht so mein Ding, Tiere töten." Der alte Mann hebt den Kopf. „Isst lieber welche, was?" Er grinst und denkt bei sich, so sind sie, die jungen Menschen von heute, immer bereit zum Retten von irgendwem. Aber er sagt nichts. Er will die Morgenstimmung nicht zerstreiten. „Ich will Dir's gleich mal sagen, ehe ich's vergesse." Stefan unterbricht das Kauen. „Ja?", fragt er. „Ich hab Dir alles, was zu sagen ist, ins blaue Buch geschrieben, bloß falls es schneller zu Ende geht als gedacht. Da kannste dann alles lesen. Bloß, dass Du's schon mal weest." Der Junge wundert sich. „Was für ein blaues Buch?" „Liegt im Bücherregal in der Stube, kannste alles dann nachlesen, wenn die Zeit nicht reicht." Stefan schweigt. Dann fragt er nach, was denn drin steht in dem Buch. „Wirste schon noch rechtzeitig erfahren. Sollst eben alles mal zu wissen kriegen, wie es so war damals und warum manches so und nich anders gewesen ist."

Nach dem Frühstück gehen sie zum See hinterm Dorf. Stefan passt sich den Altmännerschritten an. Mit Rucksack, Angel, Wassereimer und Klapphocker ausgerüstet, laufen Großvater und Enkel die Straße entlang. Der Steg ist bereits von anderen Anglern belegt. „Moin, moin", man begrüßt sich. „Na, Alfred, wen bringst Du denn heute mit?" „Is mein Enkel aus dem Süden, der Bengel von meinem ...", er unterbricht sich. „... meinem Herrn Sohn." Stefan schaut ihm direkt ins Gesicht. „Is mein Enkel, joa, joa", bekräftigt der Alte. Sie gehen etwas seitab hinter ein Gebüsch. Dort ist ein zweiter Bootssteg zu sehen. Das Holz des Stegs hat schon dutzende Sommer gesehen. „Hier is es gut", befindet der Alte. Sie holen die Köder aus dem Rucksack und schon wirft der Großvater die erste Angel aus. Dann holt er mit einer Pütz Wasser aus dem Teich für die zu fangenden Fische. Sie setzen sich, der Junge auf den Holzsteg, der Alte auf einen Klappstuhl. Er unterbricht die Stille. „Ich freu mich, dass Du da bist. Ich hätt's gern gesehen, wenn Dein Vater mitgekommen wäre. Aber wahrscheinlich kann ich das nicht verlangen." „Vater ist nicht gut auf Dich zu sprechen. Er trägt lange nach, ich kenne das." Stefan erinnert sich an so manche Gelegenheit, in der sein Vater sein Nichtvergessen, seinen Stolz, unter Beweis stellte. Der Großvater spricht weiter. „Ich war damals so enttäuscht von ihm, als er fortging. Er hätte mithelfen können, dass es besser wird, na, is nich mehr zu ändern. Wenigstens aussprechen würd ich mich gern mit ihm." Der Schwimmer im Wasser zappelt, scheinbar hat ein Fisch angebissen. Der Großvater weist Stefan ein, wie er die Angel einzuholen hat. Aber da hört das Zappeln auf. „Die Biester haben einen Freiheitsdrang, die wollen nich an den Haken." Stefan ergänzt leise: „Genau wie Vater." „Na, na", brummt es zurück. Unvermittelt fragt der Opa seinen Enkel. „Was weißt Du eigentlich von der DDR, was haben sie Euch denn erzählt in der Schule?" Der junge Mann denkt kurz nach. „Na ja, da war die Mauer, hinter der sie Euch eingesperrt haben. Und die Stasi hat aufgepasst, dass keiner entwischen kann. Reisen war nicht möglich und Eure Meinung konntet Ihr auch nicht sagen." „Und das haben sie Euch in der Schule so erzählt?" „Vielleicht nicht in so kurzer Form, aber prinzipiell schon so, ja." Für einen Moment ist Stille, die Wellen glucksen unterm Steg und im Wasser sind die dunklen Schatten der Fische zu sehen. Der Alte nimmt einen Köder aus der Dose, befestigt ihn am Haken und wirft eine zweite Angel aus. Seine Hände zittern. Dann sagt er zu Stefan: „Wir haben zu viel falsch gemacht. Ich weiß das, aber man sollte nicht alles uffm Mist werfen von damals." Stefan bohrt nach. „Was habt Ihr denn falsch gemacht?" „Die hätten die Leute reisen lassen soll'n, ganz offiziell und ohne Probleme. Da hätt sich's mancher überlegt, ob er wegbleibt. Und über die Schwierigkeiten hätten sie offen sprechen müssen, ganz offen. Aber das ist immer schwer." Und nach einer Pause: „Bei uns in der Familie klappt's ja och nich." „Ob man das so vergleichen kann, weiß ich nicht. Immerhin ist zwischen einem Land und einer Familie ein Unterschied." Stefan denkt an Mutter, mit der er fast alles besprechen kann, mit dem Vater hingegen nicht. „Nachdem Dein Vater weg war, wollten so viele trotzdem noch bleiben und das Land verbessern. Sie wollten einen bessern Sozialismus in der DDR. Aber scheinbar kann man mit einer Viertelnation keine neue Gesellschaft aufbauen, das muss man akzeptieren." Der Enkel nickt. „Das glaube ich auch." Ihm fällt noch etwas ein zur vorhin gestellten Frage. „Und außerdem, wählen durftet Ihr ja auch nicht richtig. Es gab ja keine richtige Auswahl zwischen irgendwas. Das musst Du doch zugeben, Opa." Der Alte brummt wieder etwas vor sich hin. Er zieht blitzschnell seine Angel aus dem Wasser. Im Sonnenlicht glänzt der Leib eines zappelnden Fisches. Er landet in der Pütz und schwimmt im Kreis. „Stefan, stell dir vor, Du bist einer dieser Fische im Wasser. Alle paar Jahre darfst Du wählen gehen und mit entscheiden, wer der nächste Angler ist. Aber dass geangelt wird, steht außer Frage. Darüber hast Du nicht zu befinden. Du wählst immer nur den neuen Angler aus. So ist das heute in diesem Land." Der Enkel sieht auf den Großvater, er denkt nach. „Der Vergleich ist ziemlich komisch, aber Du könntest doch auch mal einen wählen, der das Angeln aufgibt." „Solange der Angler die Fische verkaufen kann, wird er immer angeln, solange er lebt. Das isses nämlich, worum's wirklich geht: Geld." Stefan kann sich eine Welt ohne Vorherrschaft des Geldes nicht vorstellen. „Aber Geld gibt's doch schon immer, ist doch praktisch. Oder willst du zum Naturalienhandel zurück?". Der alte Mann schüttelt den Kopf. In dem Augenblick zittert der Schwimmer der zweiten Angel heftig, etwas Großes hat da angebissen. Diesmal zieht Stefan den Fisch aus dem Wasser, löst ihn vom Haken und lässt ihn in den Wassereimer gleiten. Jetzt kreisen zwei Tiere in dem engen Behältnis. „Das wird ene schöne Mahlzeit heut Abend." Der

Großvater sieht die gebratenen Fische schon vor sich. „Da müssen wir unbedingt die Klara anrufen, weil ich nich kochen kann, geschweige denn Fisch braten." „Wer ist Klara?" „Das is meine Haushaltshilfe, ich kann ja nich mehr so, seit ich krank bin."

Die beiden gefangenen Fische sind groß genug, um ein Abendessen abzugeben. Die Angler packen ihre Sachen zusammen. Diesmal trägt Stefan den Rucksack und den Eimer mit den Fischen. Der Großvater geht hinter ihm durchs Gebüsch. Er nimmt den Gesprächsfaden wieder auf. „Ne, Naturalienhandel is och nich gut. Aber das Erste im Leben sollte das Geld nich sein. Es gibt aber noch etwas, was die Fische von heute gar nicht beachten." Stefan blickt auf. „Und das wäre?", fragt er. „Die Fische von heute fragen nicht danach, wem der Teich und wem die Angel gehören." Und er setzt hinzu: „Beides gehörte damals dem Fischvolk." Stefan denkt eine Weile darüber nach. Sie gehen hintereinander, der Alte brummelt hin und wieder etwas. Dann gibt Stefan zu bedenken: „Es stimmt wohl, dass dem Volk alles gehörte, es hatte ja aber trotzdem nicht viel zu sagen, wenn ich nicht irre. Und wie ich von Vater weiß, bedeutete ja Volkseigentum auch, dass es allen und somit keinem gehörte, sich kaum jemand um die Sachen kümmerte und vieles den Bach runter ging." „Da wird er wohl en bissel recht haben, Dein Vater. Das ist eine der großen Dummheiten gewesen, dass die Leute sich nich als Eigentümer fühlten und denen da oben das wohl ganz gut gefiel." Stefan staunt nicht schlecht, dass der Großvater dem Vater zustimmt, wenn auch nicht in seiner Gegenwart. Sollten sich die beiden doch noch einmal vertragen können?

Klara kam gegen halb sechs und werkelt eine Zeit lang in der Küche. Am Abend dann lassen sich zwei hungrige Angler und eine Haushaltshilfe auf der Terrasse hinterm Haus zwei gebratene Fische schmecken.

6

Ein schriller Pfiff. Dann der Ruf: „Kompanie aufstehen! Fertigmachen zum Frühsport, Zeit fünf Minuten." Seit acht Tagen nun das gleiche Ritual. Nach spätestens fünf Minuten müssen alle auf dem Gang angetreten sein, so schwer es auch so manchem fällt. Gehetzt wird durch das Treppenhaus nach unten gelaufen. Nach dem Aufstellen in Marschformation geht es los. „Im Laufschritt, Marsch". Einer der Unteroffiziere läuft jeden Morgen mit. Zunächst geht es auf der Betonstraße nach Süden bis zu einem Zaun. Dahinter befindet sich ein NVA-Erholungsheim für Offiziere. Von dort nach links zum Strand. Der Strand ist der mühsamste Abschnitt, weil das Laufen im Sand schwer fällt. Nach etwas mehr als einem Kilometer erreicht der Trupp die Kaimauer. Ab hier geht es durchs Gelände zur Betonstraße zurück. Auf einem Umweg erreichen die jungen Leute keuchend und außer Atem nach etwa drei Kilometern wieder das Treppenhaus. Nach der Morgentoilette, die nicht mehr als zehn Minuten Zeit in Anspruch nehmen darf, geht es zum Frühstück. Dazu müssen alle wieder das Treppenhaus hinunterrennen und unten antreten. Für Micha und die anderen ist es schwer, sich an die ständige Hast zu gewöhnen. Alles wird im Laufschritt gemacht. Da hat der Kompaniechef sein Versprechen eingelöst. In den ersten Tagen bleibt kaum Zeit zum Nachdenken. Die

Grundausbildung soll die Jungs an das Soldatsein gewöhnen, nimmt ihnen aber auch jegliche Illusion. Der raue Umgangston lässt viele nachdenklich werden. Eigentlich sind sie für ihr Land hier, für den Frieden. Warum dann aber dieser aggressive Ton?

Durch die ständige Rennerei und die schon ziemlich warme Maisonne haben alle Durst. Es gibt aber nur zu den festgelegten Mahlzeiten die Möglichkeit, etwas zu trinken. Deshalb muss Leitungswasser in Mengen die Getränke ersetzen. Geduscht wird einmal in der Woche im großen Duschhaus, ansonsten ist Waschen angesagt. Schnell haben die Neuen erkannt, dass man das Duschen auch anders durchführen kann. In den Waschräumen gibt es nur kaltes Wasser. Zwei ausgebeulte, große Blechschüsseln werden damit gefüllt. Nachdem man sich eingeseift hat, spülen sich die Soldaten mit dem Wasser ab. Man duscht nicht, man „schüsselt", der einzige Luxus, der hier möglich ist.

Sven und Micha haben sich angefreundet. „Wenn das so weitergeht, kündige ich", sagt Sven. „Ich hätte nie gedacht, dass die einen so schikanieren können." Gestern Nachmittag wurde Fasching gespielt. Der Oberfähnrich ließ die Mannschaft auf dem Flur antreten. Zunächst in ganz normaler Felddienstuniform. Damit die jungen Soldaten lernen, welche Uniformteile und Ausrüstungsgegenstände zusammengehören, mussten sich alle umziehen. „Raustreten in Ausgangsuniform!", „Raustreten in Winterausrüstung!" und so fort. Fast zwei Stunden wurde das geübt. Gleich dreimal mussten sich alle mit Schlafanzug in die Betten legen, dann kam der Befehl „Raustreten zum Frühsport!" Also Sportzeug an und raus. Das ging zu langsam, deshalb wurde wiederholt. Hansa frotzelt: „Wir wissen zwar nicht, was wir wollen, aber das mit ganzer Kraft." Humor tut gut, selbst in dämlichsten Situationen.

An den Türen der Dienstzimmer hängen weiße Schilder. Auf denen steht mit Schreibmaschine geschrieben, wie man diese Zimmer richtig betritt. Wer sich nicht daran hält und etwas falsch macht, wird erst mal verspottet und darf dann das Betreten des Zimmers wiederholen. Micha wird von seinem Gruppenführer befohlen, dem Zugführer etwas auszurichten. Der sitzt im Dienstzimmer. Also los, anklopfen. „Herein." „Genosse Leutnant, ich soll Sie vom Genossen Unteroffizier..." Der Leutnant brüllt. „Raus, noch einmal!" Irgendetwas war falsch. Micha liest das Schild zum wiederholten Male durch. Manche Dinge kann man einfach nicht verstehen. Also anklopfen, warten auf das „Herein". „Genosse Leutnant, gestatten Sie, dass ich Sie spreche?" „Ja." „Ich soll Ihnen vom Genossen Unteroffizier Müller sagen, dass der erste Zug fertig zum Abmarsch ist." „Danke." „Genosse Leutnant, gestatten Sie, dass ich wegtrete?" „Bitte." Micha steht mit hochrotem Kopf neben der Tür. Er sieht in die für ihn noch fremden Gesichter der Offiziere, sieht, wie sie in sich hineinlachen, über ihn lachen. Es ist sehr einfach, sich über die Unsicherheit anderer lustig zu machen. Micha dreht sich linkisch um und verlässt den Raum.

An einem der Abende kam Wisch wieder vorbei. Alle putzen ihre Schuhe im Flur und der Unterfeldwebel wollte zeigen, was er alles weiß. „Wissen Sie eigentlich, dass der Bau hier in Prora genauso tief ins Unterirdische geht, wie er hoch ist, sechs Etagen?" Das wusste natürlich niemand. „Die Unterlagen der Grundsteinlegung sind verschwunden und vieles steht mittlerweile unter Wasser. Deshalb weiß keiner mehr was Genaues." Klingt mysteriös und interessant. „Der große U-Boot-Hafen an der Kaimauer ist völlig überflutet. Und in Argentinien gibt es den gesamten Komplex von Prora noch einmal. Haben die Nazis dort heimlich gebaut." Wisch weidete sich daran, scheinbar mehr zu wissen als die Neuen. Keiner konnte zum Thema was sagen. Nur Uwe raunte den anderen zu, dass er von seinem Vater wusste, dass Prora bei den Nazis als Seebad geplant war, nicht als Militärobjekt, sondern als Urlaubsziel der Organisation „Kraft durch Freude". Fast alle hatten jedoch vor ihrer Einberufung nie etwas von Prora gehört. Den Ort gab es auf keiner Landkarte. Sven murmelte nur: „Ferienfreuden haben wir ja auch jetzt genug hier." Wisch hatte das nicht gehört und zündete sich eine Zigarette an. „Nach der Grundausbildung werden Sie alle bei mir in der Werkstatt ausgebildet. Ich bin der Werkstattleiter und freue mich schon drauf." Hansa murmelt nur: „Wir auch." Da sich keiner mit dem Unterfeldwebel unterhalten will, trottete er davon. „Kunden schickt das Arbeitsamt", sagt Sven leise.

Die wenigen Tage haben gereicht um alle zu ernüchtern. Die Stimmung auf der Stube schwankt zwischen Galgenhumor und Resignation. Schließlich ist jeder freiwillig hier, hat sich für drei Jahre verpflichtet. Verpflichtet wozu eigentlich? Sich verspotten und verhöhnen zu lassen? Die Vorgesetzten erklären ihnen, dass Disziplin und Ordnung zu den grundlegenden Tugenden eines Soldaten gehören. Was sich jedoch so einfach anhört, ist in der Praxis meist etwas komplizierter. Am schlimmsten sind die Unteroffiziere. Die finden immer etwas zu mäkeln. Oder wollen sie etwas finden? Für so manchen ist die Vorstellung schon unerträglich, dass jeder hier zu genau so einem Unteroffizier ausgebildet werden soll. Hansa hatte auch gleich einen alten Soldatenspruch parat. „Er ist kein Mensch, er ist kein Tier, er ist ein Unteroffizier!" „Lass dich mit deinen blöden Sprüchen bloß nicht erwischen", entgegnet ihm Sven.

Zum Nachdenken bleibt kaum Zeit. Der Umgangston, der Tagesablauf, die Menschen, an alles will sich erst gewöhnt werden. Bereits am zweiten Tag mussten alle einen kurzen Brief verfassen. Man sollte nach Hause schreiben, dass man angekommen sei, es einem gut geht und auch, wie man hier erreichbar ist. Außerdem gibt es eine Menge zu lernen. Wichtig ist, sich unbedingt die Dienstgrade zu merken. Nur so kann ein Vorgesetzter richtig angesprochen werden. Für manchen sind die Belastungen besonders groß. Neben dem Frühsport gibt es noch das Fach „Physische Ausbildung", also Sportunterricht. Und die grundlegende Bewegungsform der ersten Wochen ist noch immer der Laufschritt.

In der Mittagspause ist Micha auf dem Weg zum Klo. Er hat Durst, und Wasser gibt es nur dort. Ihm kommt der Unteroffizier Sarotzki vom zweiten Zug entgegen. „Kommen Sie mal her!" Micha geht auf ihn zu, grüßt militärisch. „Was ist das hier?" Der Unteroffizier zeigt auf die linke Brusttasche von Michas Uniform. Dort befindet sich befehlsgemäß der Wehrdienstausweis, die Tasche ist offen. Gerade vorhin hatte er den Ausweis hervorgeholt, um einen Zettel hineinzulegen. Sarotzki fummelt an der Tasche herum. Er fragt: „Haben Sie ein Taschenmesser bei sich?" „Jawohl, Genosse Unteroffizier", antwortet Micha. „Borgen Sie es mir!" Micha fummelt das Messer aus der Hosentasche, reicht es Sarotzki. Der öffnet es und schneidet beide Knöpfe der Brusttasche von Michas Uniform ab. „In zehn Minuten melden Sie sich bei mir mit angenähten Knöpfen, verstanden?" Micha ist völlig verblüfft und sprachlos. „Haben Sie verstanden?" Sarotzki wartet auf die Antwort. „Jawohl, Genosse Unteroffizier!" Micha presst die Worte hervor. Wut ergreift ihn. Was soll das eigentlich? Warum machen die einem das Leben schwer? Er verbringt nun seine Mittagspause mit dem Annähen von zwei Knöpfen und einer weiteren Illusion weniger.

In der wenigen Freizeit wird auf der Stube so manches Gespräch geführt. Jens fragt: „Warum macht Ihr eigentlich die drei Jahre?" Torsten will studieren, sagt er jedenfalls. Er ist der Ruhigste der Truppe, hält sich zurück und spricht eigentlich nur, wenn er gefragt wird. Hansa aber will was erleben. Er dachte, drei Jahre Armee sind gut für ihn. Vor allem will er seinen Sold sparen, wofür verrät er nicht. Uwe ist in der Partei. Kein Hundertprozentiger, aber er ist überzeugt, das Richtige zu tun. „Wir können doch froh sein, in einem Land zu leben, das für alle eine Perspektive bietet. Es gibt keine Arbeitslosen, bei uns muss keiner hungern und jeder kann zur Schule. Ich glaube, dass man dafür auch was tun muss." Keiner sagt was dazu. Für Jens sieht das anders aus. Der Berliner ist eher der praktische Typ. „Ick hätte lieber wat janz andres jemacht. Jeht eben nich immer so, wie man et will. Und meine Alten sind och nicht mehr so jung." „Warum bist Du denn dann hier?", fragt Uwe. „Weil et meine Eltern wollen und ick vielleicht ooch studieren will." „Und Du?", wird Micha gefragt. Ja, warum ist er eigentlich hier. Für den Frieden, für sich, für wen oder was? „Weiß nicht, ich glaube, damit ich mein Leben besser planen kann." Für die anderen klingt das nicht sehr überzeugend. Aber wer weiß schon mit achtzehn, neunzehn Jahren genau, was er will und vor allem was richtig ist. Sven spricht zögernd. Er sagt: „Ist Euch eigentlich schon aufgefallen, dass um das gesamte Gelände ein Zaun ist?" „Na klar, ist ja eine Kaserne." „Und wohin zeigen die Abweiser am Zaun?" In Gedanken sieht jeder den Zaun vor sich. Ein Zaun, der oben in etwa drei Metern Höhe abgewinkelte Abweiser besitzt, die mit drei Reihen Stacheldraht versehen sind. Sie sollen davon abhalten, über diesen Zaun zu klettern. Und diese Abweiser zeigen nach innen.

7

Nach dem Frühstück am nächsten Morgen will Stefan zu Hause anrufen. Dazu begibt er sich auf die Terrasse hinterm Haus. Er möchte nicht, dass Großvater Alfred das Gespräch mitbekommt. Die Sonne blinzelt durch die alten Bäume. Es ist schon recht warm, trotz der frühen Tageszeit. Alfred hatte in der Nacht einen Schmerzanfall, nach Einnahme von Medizin, die ihm sein Arzt für solche Fälle verschrieben hatte, ging es aber rasch wieder. Trotzdem schläft der alte Mann heute etwas länger, sodass sich Stefan unbeobachtet fühlt, als er das Smartphone aus der Hosentasche kramt und die Nummer von zu Hause aus dem Telefonbuch heraussucht. Nach zweimaligem Ruf meldet sich seine Mutter. Sie war schon beunruhigt, wie es die meisten Mütter sind, wenn sich ihre Kinder anschicken, allein in die Welt auszufliegen. „Ja, es ist alles klar hier, Opa geht es auch wieder ganz gut." Die Mutter am anderen Ende gibt ihm noch ein paar Ratschläge, dann holt sie den Vater ans Telefon. „Hallo Papa", sagt Stefan. Und nach einer Weile des Zuhörens empört er sich. „Ich weiß gar nicht, was Du immer gegen den Großvater hast. Gut, er hat eigene Ansichten von manchen Dingen, aber er ist ein alter Mann und hat viel erlebt. Ich jedenfalls finde es gut, ihm erst mal zuzuhören. Er mag ja nicht mit allem Recht haben, aber er hat schon interessante Meinungen zu manchen Sachen." Am anderen Ende empört sich Stefans Vater noch ein Weilchen, nennt den Alten wieder den „Bonzen" und Stefan solle aufpassen, dass er nicht an falsche Freunde gerät. Stefan spricht leise. Dann verabschieden sich Vater und Sohn am Telefon, jeder mit der leisen Befürchtung, vom anderen nicht verstanden worden zu sein. „War wohl Dein Vater am Telefon?" Der Alte hat zumindest einen Teil des Gesprächs vom Fenster aus mitbekommen. Er grüßt Stefan, wünscht ihm einen guten Morgen. „Gleich bin ich bei Dir."

Es dauert jedoch eine Weile, bis der Großvater mit Morgentoilette, Anziehen und Frühstück fertig ist. Stefan hat sich derweil ein Buch aus der Bibliothek des Alten geholt und es sich auf einem der Gartenstühle gemütlich gemacht. Als der alte Mann dann endlich auf der Terrasse erscheint und das Buch in Stefans Händen sieht, entlockt ihm das ein Lächeln. „Literatur verbindet Generationen!", ruft er Stefan zu. „Hast Dir ja ein Buch vom Meister persönlich rausgekramt." „Wieso Meister?", fragt Stefan. Er dreht das Buch um, „Die Aula" steht auf dem Umschlag. Der Großvater ist mittlerweile herangekommen. „Na, weil er der Oberschriftsteller war in der Ehemaligen, also in der DDR. Er war bis zuletzt der Präsident des Schriftstellerverbandes." Stefan hört aufmerksam zu. „So was gab es bei Euch?" Der Alte lächelt. „Es gab so manches und manchmal war es sogar sinnvoll." Er setzt sich zu Stefan an den Tisch. „Es wurde viel gelesen damals. Nicht umsonst hieß es, das kleine Ländchen sei ein Leseland. Nur haben manche Obergenossen bestimmt, dass man nicht alles lesen durfte, was es auf der Welt so gab." Und er fügt nach kurzer Pause hinzu: „Aber was es gab, war teilweise nicht von schlechten Eltern. Ich kann Dir sagen, dass in den Büchern die Dinge viel offener angesprochen wurden als in den Zeitungen. Oft kamen die Leute zu mir und beschwerten sich über den Mist, den die Zeitungen brachten. Vielen gingen die Sprüche derart auf die Nerven, täglich der gleiche Dreck." Stefan spöttelt zurück. „Ist ja wie heute. Vater sagt manchmal, er möchte am liebsten die Zeitung abbestellen. Nachdem er neulich sein Morgenblatt auf den Tisch geworfen hatte, fragte er uns, was Journalisten eigentlich beruflich machen würden." Der Großvater lächelt. „Früher waren es die Einheitsparolen und heute ist es Häme und Bosheit, von der blödsinnigen Werbung mal ganz abgesehen. Er hat nich Unrecht, Dein Vater. Da ist viel Oberflächliches zu lesen und manchmal wird die Wahrheit zurechtgebogen, damit sie zum Weltbild passt." Es ist das zweite Mal, dass Großvater Alfred innerhalb kurzer Zeit seinem Sohn Recht gibt. Stefan erstaunt das, passt es doch so gar nicht in das Bild, das sein Vater immer von ihm zeichnet. „Vater hat vorhin am Telefon übrigens nach Dir gefragt, ich soll Dich grüßen." Der Großvater reagiert mit ein wenig Sarkasmus. „Danke für die Blumen." Stefan legt das angefangene Buch beiseite. „Was machen wir denn heute so?" Der Alte überlegt kurz, dann sagt er: „Wir könnten mit dem Boot rausfahren oder ich zeige Dir erst mal den Ort." Stefan überlegt kurz. „Ich bin für den Ort." Sie erheben sich, gehen noch mal kurz ins Haus zurück und bringen die „Aula" an ihren Platz in der Bibliothek zurück.

Dann treten sie zusammen auf die Straße, die in den Ort führt. Staub wirbelt im Licht der Sonne. Am Nachbargrundstück wird gewerkelt. „Moin, Alfred." Der Nachbar grüßt die beiden. Ein Hund bellt von fern, ein paar Grillen zirpen in den Sommertag. Ansonsten liegt das kleine Dorf wie ausgestorben. Sie kommen an einem Flachbau vorbei. Das Dach ist mit kleinen Bäumchen bewachsen, die Fensterscheiben kaputt und die Eingangstür mit Graffiti beschmiert. „Hier war mal der Dorfkonsum", sagt Großvater. „Dahinter in dem Haus gab es den Kindergarten, sogar eine kleine Schule war hier im Ort." Stefan versucht, das Gebäude, welches mal Schule war, zu erkennen. „Das is der Fortschritt, den sie uns einzureden versuchen, Junge." Stefan sieht Opa Alfred fragend an. „In der Zeit vor der Wende musste kein Schulkind stundenlang mit dem Bus durch die Gegend fahren. Da war die Schule am Ort und das war gut. Die Leute konnten hier einkaufen, auch wenn es nich viel gab. Heute gibt's hier gar nichts mehr und wenn du kein Auto hast, biste erschossen." Stefan konnte sich vorstellen, dass gerade alte Menschen, von denen es ja hier einige gab, damit Probleme haben. „Die Welt sollte für'n Menschen da sein, aber der Mensch is für's Geld da. Und das fehlt ja bekanntlich hinten und vorn." Vor ein paar Jahren hatte mal einer aus dem Dorf, ein nicht mehr ganz junger Mann, versucht, im Gebäude vom Konsum einen Spar-Markt aufzubauen. Nach wenigen Monaten schon musste er wieder schließen. Die Leute kauften ihre Sachen lieber in der Stadt, da ist es billiger. Von den Alten kann man eben nicht auf Dauer leben. Der Großvater brummt wieder. „Blühende Landschaften findest Du nur auf unserem Konsumdach, sonst haperts noch ganz schön." Stefan fühlt sich genötigt, etwas zu sagen. „Aber glaubst Du nicht auch, dass die Zeit nach 89 für viele doch Gutes gebracht hat? Die Leute haben einen gewissen Wohlstand erreicht, können Reisen machen und frei wählen. Wir leben in einer Demokratie, das ist ein hoher Wert!" Stefans Worte treffen auf einen besonderen Nerv des Großvaters. „Freiheit ohne Geld is wie ein Mittagessen ohne Salz. Die Leute haben die Freiheit, sich zwischen Pest und Cholera zu entscheiden, das stimmt wohl. Angeblich steht den jungen Leuten die Welt offen, aber vom Kleinkindalter an lernen sie zu kämpfen, sich durchzuboxen und im Haifischbecken der Konkurrenz zu behaupten. Und was die Demokratie betrifft, da hab ich Dir's ja gestern schon mit den Fischen erklärt. Die Leute können wählen, haben aber keine Wahl. So gesehen, sind die Menschen vom Regen in die Traufe gekommen." Stefan sieht das etwas anders. Aber er möchte mit dem Großvater nicht streiten. Trotzdem sagt er: „Aber die Mauer mitten durch Deutschland, das musst Du zugeben, das war Unrecht und es war grausam. Da wurden Familien getrennt, Leute erschossen, ein ganzes Volk eingesperrt."

Die beiden sind stehen geblieben. Hinter dem Zaun, der von einer hohen Hecke fast völlig überwuchert ist, war früher das Gebäude der Schule. Später dann saß kurz die Zweigstelle vom Arbeitsamt darin, nun ist es eine abrissreife Ruine. „Manche Leute glauben ernsthaft, die Gründer der DDR hätten sich 1949 ausgemacht: Wir sperren jetzt mal alle Menschen in diesem Land ein. Über die Gründe, die zur Schließung der Grenze führten, wird kaum noch geredet. Dass da viel falsch gemacht wurde, ist unbestritten. Dass in der DDR vieles ganz anders hätte laufen müssen, völlig klar. Trotzdem war es ein ernsthafter, aber wie wir erlebt haben, gescheiterter Versuch, eine gerechtere Gesellschaft aufzubauen." Irgendwie misstraut Stefan den Worten des Großvaters, weiß aber nichts darauf zu erwidern. Alfred redet weiter. „In den Jahren vor der Wende war die DDR schon so gut wie tot. Es wurde nicht mehr darüber gestritten, wie man etwas verbessern könnte. Es wurde nur noch geschwiegen, alles schöngeredet, Probleme zugekleistert. Das war der eigentliche Fehler. Solange es zwei deutsche Staaten gab, hatte der eine die Korrekturfunktion für den anderen. Im

Westen gab es einen hohen Sozialstandard, weil er besser sein wollte als der Osten. Als der Osten aufhörte zu existieren, konnte sich der eigentliche Kapitalismus wieder von seiner wahren Seite zeigen, konnte blühen, gedeihen und sich entwickeln. Das führte bis heute zu immer mehr Sozialabbau und solchen Sachen. Ich sage Dir eines, Hartz IV hätte es in der alten BRD nie gegeben." Und leise fügt der alte Mann hinzu: „So mancher hat sich ein Leben in der alten Bundesrepublik gewünscht und nun eines in Gesamtdeutschland bekommen. Mittlerweile sind die guten Deutschen wieder in Kriege verwickelt und nur wenige scheint's zu stören, wie es auch keinen stört, dass ein Friedensnobelpreisträger oberster Feldherr einer Armee im weltweiten Einsatz war. Das ist bitter, bitter." Stefan denkt kurz nach, wer mit dem Feldherren gemeint ist. Dann sagt er: „Aber das sind doch Friedensmissionen, Einsätze für Humanität und Demokratie!" Darauf reagiert der Großvater mit einem leichten Kopfschütteln. „Eigentlich geht es immer nur um Kapitalinteressen, Rohstoffe und Öl. Und damit es keiner merkt, wird von Frieden, Freiheit und Demokratie geredet. Frieden kann man nicht mit Waffen erzeugen, niemals. Und jeder Krieg ist für die, die ihn kämpfen müssen, ein Alptraum." Der Großvater setzt langsam seinen Gang durch das Dorf fort. Stefan geht neben ihm. Er denkt über die Worte nach, die er aus dem Mund des Alten zu hören bekommt. Dann fragt er: „Was meintest Du eigentlich vorhin, als Du gesagt hast, die DDR war tot in ihren letzten Jahren?" Alfred überlegt kurz, dann antwortet er: „Ein Land ist tot, wenn seine Regierer nicht mehr über Alternativen der Gesellschaft nachdenken. Entweder weil sie resignieren, oder weil sie zu satt sind. Es ist tot, wenn seine Politiker glauben, sie lebten bereits im besten aller denkbaren Gesellschafts- systeme."

Sie gehen weiter. Dann fügt er nach einer Weile hinzu: „So wie heute manchmal!"

8

Regen, an diesem Morgen regnet es in feinen Fäden. Es ist, als wäre der Himmel traurig ob der vielen Uniformen an diesem Ort. Micha und die anderen haben die ersten vierzehn Tage ihrer

Grundausbildung hinter sich. Große Ereignisse werfen nun ihre Schatten voraus. Der Grund dieser Ereignisse heißt Vereidigung der jungen Soldaten. Seit Tagen gibt es kaum einen anderen Gesprächsstoff, denn zur Vereidigung können die Eltern, Freunde und Bekannten kommen, und so wird es etwas Abwechslung von draußen im Alltag geben. Alle freuen sich schon auf ein Wiedersehen mit ihren Verwandten, Bräuten oder Frauen. Doch bis dahin sind noch ein paar Tage Zeit.

Nachdem die Mannschaft auf der Betonstraße vor den Unterkunftsbereichen angetreten ist, gibt Kompaniechef Bobersen das Kommando. „Im Gleichschritt Marsch!" Die Kolonne setzt sich in Bewegung. „Links, links, links, zwo, drei vier." Marschieren haben die jungen Leute mittlerweile gelernt. Überhaupt hat man ihnen vom Soldatenhandwerk schon eine Menge beigebracht. Schießen, Marschieren, Waffe putzen; der Alltag eines Soldaten ist kein einfacher. Doch inzwischen hat man sich an den Umgangston gewöhnt, erstaunlich schnell, wie Micha findet. Im abgeschlossenen Kasernenkosmos gibt es auch so etwas wie eine eigene Sprache, hat man deren Worte erst einmal gelernt, dann ist manches einfacher. Eines der Worte dieser Sprache ist „Abkeimen". Sven, Uwe und Micha haben das gestern gemacht. Sie sollten sich wegen der Abholung von irgendwelchen Ausrüstungsgegenständen in der riesigen Sporthalle im Kopfbau der Anlage einfinden. Dort eingetroffen, war aber niemand da. Also wurde beschlossen zu warten. In einem Nebenraum der Halle befinden sich die großen Turnmatten, welche für die Drei eine gute Matratze abgaben. Nun wurde außerplanmäßig und ohne Wissen der Vorgesetzten ein paar Minuten geruht, „abgekeimt", sich verkrümelt. Zum Glück für die Jungs entdeckte das niemand.

Die feinen Regentropfen kriechen in die Uniformen und machen die Gesichter der Marschierenden nass. Ziel der Kolonne ist der große Sportplatz hinter dem „Haus der Armee", das neben einem großen Kultursaal auch eine Gaststätte beherbergt. „Auf der Stelle, Marsch!" Der Kompaniechef gibt seine Kommandos betont zackig. Bobersen gehört zur Sorte Offizier, die neben einer gewissen Güte und

Nachsicht auch eine unerbittliche Strenge an den Tag legen können. Man darf sich mit persönlichen Problemen an den „Chef" wenden, er hat da immer ein offenes Ohr. Aber in militärischen Dingen oder bei der Ausbildung gibt es kein Pardon. „Kompanie halt, rechts um!" Die jungen Leute stehen im Regen und harren der Dinge, die nun kommen sollen. Von Michas Stahlhelm tropft es auf seine Uniform. Der Mai in diesem Jahr hat kein Nachsehen, er ist tageweise kalt und unfreundlich, der ganzen Situation angemessen. Der Kompaniechef fängt an zu sprechen. „Genossen, am kommenden Wochenende werden Sie hier auf diesem Platz vereidigt. Zu dieser Veranstaltung kommen Ihre Angehörigen und Freunde. Damit Sie alle sich nicht blamieren, werden wir die Sache heute üben. Da die Veranstaltung bis zu zwei Stunden dauern kann, werden wir zunächst das Stehen üben." Hansa schaut zu Sven und raunt leise: „Was will der?" Sven schüttelt den Kopf und bedeutet ihm, ruhig zu sein. „Sie werden jetzt die nächsten zwei Stunden hier stehenbleiben. Während der Zeit wird Ihnen der Hauptfeldwebel den Ablauf der Vereidigung erklären. Bitte, Genosse Oberfähnrich."

Oberfähnrich Dickwein tritt heran. Er übernimmt das Kommando. „Kompanie stillgestanden!" Ein Ruck geht durch die Mannschaft und die Gruppe steht. Micha denkt an seine Kindheit zurück. Irgendwann vor einem Weihnachtfest schickte ihn seine Mutter, sich an ihrer Stelle beim Fleischer anzustellen, eine Dreiviertelstunde vor der Ladenöffnungszeit. Diese Dreiviertelstunde war ihm als Ewigkeit vorgekommen; ein Junge, der vor einem Fleischerladen steht, will eigentlich nur weg. Hier aber kann niemand weg, hier heißt es, Befehl ausführen. Der Regen ist unerbittlich, alle versuchen, sich durch Einziehen der Köpfe vor dem Nass zu schützen. Doch dieses Mittel ist untauglich. Der Oberfähnrich beginnt damit, den Ablauf der Vereidigung zu erklären. Seine Sprache scheint durch den Regen in Watte gepackt. Er spricht und die Worte legen sich wie der Regen über die Kompanie. Worte und Regen, Regen und Worte. Nach einiger Zeit ist beides zusammengeschmolzen. Aber dieses Etwas erreicht das Innere von Micha nicht, seine Gedanken schweifen ab, er ist anderswo. Nicht hier auf diesem von Pfützen überdeckten

Sportplatz an der Ostsee, die Sinne reisen. Denn nur mit weitgereisten Sinnen lässt sich manche Situation überstehen. Der Regen und die Worte sind nur außen, in seinem Inneren ist Micha nicht hier.

Die Zeit rinnt tropfenweise, der Regen ergießt sich ergiebig. Da die Kompanie im „Stillgestanden" verharrt, ist es unmöglich, einen Blick auf die Uhr zu werfen. Ob zehn oder dreißig Minuten vergangen sind, keiner kann das sagen. Die Zeit wird während des Wartens zu Honig, einem zähen, dicken Honig, der langsam durch den Tag und den Regen sickert. Die nassen Uniformen lassen die ersten Soldaten frösteln. Die Füße in den klobigen Stiefeln werden kalt, und kalte Füße lassen sich durch Gedankenkraft kaum wärmen. Micha muss in sich hineinlächeln. Soeben hat der Oberfähnrich das Wort „Unteroffiziersschüler" benutzt. Das ist der offizielle Dienstgrad der Neuen. „Unteroffiziersschüler Stern" so lautet die korrekte Anrede für Micha. Die meisten der Vorgesetzten haben aber kaum die Zeit und den Nerv für dieses lange Wort. Deshalb wird aus Unteroffiziersschüler nur Schüler und auch das wird umgangssprachlich verkürzt zu etwas, das wie „Schü" klingt.

Der Oberfähnrich hat aufgehört zu sprechen. Den meisten ist nun einigermaßen klar, was am kommenden Sonntag auf sie zukommen wird. Wenn alles gut geht, und das muss es einfach, dann gibt es am Sonntag zum ersten Mal Ausgang. Gemeinsam mit ihrem Besuch dürfen die dann vereidigten Unteroffiziersschüler die Kaserne für vier Stunden verlassen. Das ist etwas, worauf man sich auch bei Regen freuen kann. Nur wer keinen Besuch erhält, darf nicht raus. Michas Eltern wollten die lange Reise aus dem Süden nicht auf sich nehmen. Aber ein paar seiner Freunde wollen kommen, sodass auch er auf Ausgang hoffen darf.

„Dreißig Minuten sind um!" Die Worte des Oberfähnrichs kommen durch das Nass und die sie enthalten keine frohe Botschaft. Die bisher gefühlte Stunde schrumpfte auf ganze dreißig Minuten. „So eine Scheiße hier!" Hansa flucht leise vor sich hin. Und obwohl er ausspricht, was alle fühlen, ändert das nichts an der Situation. Die Vorgesetzten haben das Flüstern auch gehört, aber nicht, woher und von wem es kam. „Ruhe im Glied, sonst können wir das Ganze auch von vorn wiederholen!" Der Hauptfeldwebel meint das ernst, soviel ist sicher. Also schweigen alle.

Die Uniformen sind mittlerweile durchgeweicht, die Nässe ist auf der Haut angekommen. Der Kompaniechef, der Hauptfeldwebel, die Zugführer und die Unteroffiziere der Kompanie gehen langsam um die Gruppe herum und beobachten jeden Einzelnen. Keiner soll sich bewegen, sprechen oder sonst wie aus der Reihe tanzen. Es gilt nur, den Befehl auszuführen. Und dieser Befehl lautet, einhundertzwanzig Minuten einfach nur dazustehen, das Stehen zu üben, damit am Sonntag alles klappt, alles klappt, klappt, kla.... In der hintersten Reihe steht Olaf. Er ist ein Schmalhemd und mit einssechzig einer der Kleinsten in der Kompanie. Mit einem Geräusch, das dem eines umfallenden Kartoffelsackes ähnelt, bricht der Kleine einfach zusammen. Die Nässe, die Kälte oder schwache Nerven, irgendeine Ursache hat im Körper des Jungen die Sicherung durchbrennen lassen, das Licht ging kurz aus und Olaf liegt im Dreck.

Sofort rennt einer der Gruppenführer hin, hebt ihn auf und stützt ihn. „Bringen Sie ihn in den Med-Punkt", befiehlt der Kompaniechef dem Unteroffizier. Völlig durchnässt verlässt Olaf in Begleitung des Gruppenführers die Kompanie in Richtung Krankenstation. Hansa flucht wieder ein wenig, worauf Sven ihm zuraunt: „Halt die Klappe, sonst stehen wir morgen noch hier rum, verdammt."

„Eine Stunde ist um." Der Hauptfeldwebel gibt die Zeit bekannt. Die Hälfte der Zeit ist herum. Alle frieren mittlerweile erbärmlich, die Kälte ist an ihnen emporgekrochen und hat sich in den Uniformen eingenistet. Wenigstens einen Schnupfen erwartet auch Micha von diesem sonderbaren Vormittag im Mai. Die kalten Füße sind kaum noch zu spüren, die Hände sind blau gefroren. Die Zeit verrinnt in kaum wahrnehmbaren Häppchen. Zu Kälte und Nässe gesellt sich nun auch noch Hunger, die Zeit des Mittagessens ist aber noch lange nicht heran. Michas Gedanken schweifen wieder. Gestern Abend mussten alle wie an jedem Tag die „Aktuelle Kamera" ansehen. Das gehört zum Tagesablauf in der Kaserne dazu. Kurz vor halb acht befiehlt der Unteroffizier vom Dienst: „Kompanie einrücken in den Fernsehraum!". Dann müssen sich alle schleunigst einfinden. Gemeinsam wird schweigend die Nachrichtensendung verfolgt. „Jeden Tag einmal Rotlichtbestrahlung." Hansa findet für alles die passenden Worte. Nach der Sendung macht sich einer der Unteroffiziere jedes Mal einen Spaß daraus, den Fernseher genau in dem Moment abzuschalten, wenn der Abendfilm losgeht. Zu Hause würden sie jetzt erst den Apparat einschalten, hier aber geht er schon wieder aus. Das Leben zu Hause ist eben nicht mit dem hier vergleichbar.

„Kompanie rührt Euch!" Der Hauptfeldwebel gibt nach einer unendlich lang erscheinenden Zeit den Befehl. Alle haben ganz steife Arme und Beine. Um die Truppe zunächst ein wenig aufzuwärmen, wird im Laufschritt eine Runde um den Sportplatz gedreht. Danach geht es manchem schon wieder etwas besser. Micha hat blaue Lippen. Er wechselt mit Sven einen Blick, der wiederum ist guter Dinge, optimistisch zwinkert er Micha zu. „Es gibt Schlimmeres, als mal im Regen zu stehen." Nun, wenn Sven das so sieht, seine Sache, für Micha war es schlimm genug.

Noch ein paar Mal wird jetzt der Ablauf der Vereidigung geübt. Und mit jedem Male wird Michas Vorfreude auf Sonntag größer. Mit den alten Freunden für vier Stunden hier raus zu dürfen, was könnte schöner sein?

Für einen kurzen Moment fällt ein Sonnenstrahl durch das Gewölk des Maihimmels auf die nassen Soldatengesichter.

9

Stefan ist nun schon über eine Woche bei seinem Großvater zu Besuch. Eine kleine Bank im Vorgarten wurde zu ihrem gemeinsamen Ort. Die beiden haben sich dort die Zeit mit Gesprächen vertrieben, haben außerdem geangelt, sind sogar in die Kreisstadt gefahren und haben so manches Mal gelacht. Stefan hat seinen Opa von einer Seite kennengelernt, die er nach den Schilderungen seines Vaters eigentlich nicht für möglich gehalten hätte. Die beiden sind sich ein wirklich gutes Stück näher gekommen, haben über Dies und Das gesprochen. Dabei ist Stefan klar geworden, dass der alte Mann sein ganzes Leben lang ehrlich und rechtschaffen seinen Weg gegangen ist, mit all den Irrtümern, Fehlern und Wirrnissen, die jedem widerfahren, der sich das auch einzugestehen in der Lage sieht. Nur die ganz großen Auskenner gehen im Leben umher und hängen ihr Fähnlein in den Wind. Auch von denen konnte der Großvater berichten, jenen Besserwissern, die alle Wahrheiten schon immer kannten und sich ganz schnell und kritiklos den Umständen anzupassen verstehen. Er hatte sie weiß Gott kennengelernt, diese Wichtigtuer, die nur ihren Vorteil kennen und möglichst niemals anecken wollen.

Während der Tage hat den Alten so manches Mal eine Schmerzattacke gequält und ihn an seine Krankheit erinnert. Aber mit Würde und ohne Verzagen nimmt Alfred sein Schicksal an. Er hat Stefan mittlerweile auch in das Geheimnis um sein blaues Buch eingeweiht. Zeit seines Lebens hat er in dieses Büchlein seine Gedanken notiert. Dabei ist eine Sammlung entstanden, in der er mit gewählten Worten die

Umstände seines Lebens und die gesellschaftlichen Verhältnisse zu beschreiben versuchte. Manches von dem, was im Büchlein enthalten ist, hat seine Gültigkeit verloren, vieles aber wird über die Zeit des alten Mannes hinaus wahr bleiben und Stefan vielleicht helfen, die Welt zu erkennen. Das jedenfalls hofft Alfred, dafür in erster Linie hat er diese Notizen angefertigt.

Wie an fast jedem Morgen sitzen Stefan und er am Frühstückstisch und unterhalten sich angeregt bei Kaffee und Brötchen. Der Großvater erzählt gerade über seine Tätigkeit in dem großen Betrieb. Er war dort zuerst in der Produktion beschäftigt, später dann, nach Abschluss als Meister und Parteischule, wurde er Parteisekretär des Betriebes. Er hatte sich das nicht gewünscht, war aber davon überzeugt, das Richtige zu tun, als er gefragt wurde, ob er diesen Posten ausfüllen möchte. Stefan konnte sich so richtig nicht vorstellen, was ein Parteisekretär in einem Betrieb tut.

„Mit allem sind sie zu mir gekommen, mit allem. Mal fehlte irgendwo ein wichtiges Teil, mal wollte einer eine Wohnung und bekam sie nicht, und manchmal beschwerten sich die Leute über das Essen in der Kantine. Die Partei hat es ja so gewollt, war angeblich für alles zuständig." Stefan entgegnete ihm, dass er es richtig findet, dass heutzutage keine allwissende Partei mehr das Sagen hat. Darauf der Alte: „Recht haste, denn die Partei damals hat sich für unfehlbar gehalten. Du konntest, entgegen den heutigen Behauptungen, so manches kritisieren, vor allem in den letzten Jahren, aber niemals durftest Du was gegen die Partei sagen. Ich habe einige gehen sehen, die das versucht haben." Stefan nickt. Dann spricht Alfred weiter: „Heute kannst du so gut wie alles öffentlich sagen, aber so gut wie nichts damit erreichen." Stefan blickt auf den Großvater, der sich gerade wieder in Rage redet. Er entgegnet, dass es doch gut sei, wenn man sagen kann, was man denkt. Und das vor allem öffentlich. „Das stimmt schon", sagt darauf der alte Mann, „aber das Aussprechen von Wahrheiten muss auch zu Konsequenzen führen. Sonst ist es so, als würdest du am Strand stehen und mit dem Wind reden."

Stefan nimmt einen großen Schluck aus der Tasse. Er trinkt an diesem Morgen Tee, der

Kaffee, den sein Großvater in der Küche zusammenbraut, ist ihm manchmal ein wenig zu stark. Auch Alfred trinkt genüsslich. Dann sagt er plötzlich zu Stefan: „Weißt Du, was mir die größte Angst macht?" Stefan schüttelt den Kopf. „Es is die Frage, ob die Aussagen der Herren Historiker zu anderen Geschichtsepochen nicht genauso halbwahr sind wie die zur von mir erlebten und damit beurteilbaren DDR-Zeit. Wenn ich so manche Reportage im Fernsehen anschaue, habe ich das Gefühl, es war ein anderes Land und nicht das, in dem ich damals gelebt habe." Er blickt Stefan in die Augen. Der fühlt sich aber eindeutig zu jung, um das beurteilen zu können. Deshalb fragt er seinen Großvater, was denn in diesem untergegangenen Land seiner Meinung nach gut war. Alfred schmunzelt und sagt spitzbübisch: „Na zuerst mal waren die Bäckersemmeln besser." Stefan verzieht das Gesicht. Auch seine Eltern haben das schon manchmal festgestellt. „Na toll, und deshalb willst Du die DDR zurück?" „Ne mein Lieber, wer ganz ehrlich darüber nachdenkt, will die nicht zurück haben. Ich jedenfalls will's nich. Und trotzdem gab's ein paar Dinge, die einfach besser waren. Das

71

sollten auch die anerkennen, die zu jeglicher Kritik am heutigen System unfähig sind." „Und was war Deiner Meinung nach besser?"

Stefan will es nun genau wissen. Sein Tee ist mittlerweile kalt. Von der Straße her weht der Wind durch das offene Fenster, die Blätter der dicken Eiche rauschen vor dem Haus. Alfred lehnt sich auf seinem Stuhl zurück und antwortet, nachdem er ein Weilchen nachgedacht hat. „Dass ein Arzt nur Arzt und nicht Unternehmer sein musste, war besser. Unser Gesundheitssystem war bestimmt nicht Weltniveau, aber der Arztberuf war was Medizinisches und hatte nichts mit Kuhhandel zu tun." Stefan nimmt die Aussage so hin. Dann ergänzt der Alte: „Stell Dir mal vor, der Staat nötigt seine Bürger wegen und mit Geld zu etwas, das sie nicht richtig verstehen, kaum durchschauen, eigentlich nicht wollen und bei dem sie auch noch oft auf fremde Hilfe angewiesen sind. So etwas gibt es nämlich heute: das jährliche Ausfüllen der Steuererklärung. Auch das hatten wir abgeschafft." Alfred beugt sich langsam zum Tisch und stellt das Geschirr übereinander. Dann ergänzt er: „Wir hatten eine ziemlich fortschrittliche und für den Menschen gemachte Sozialgesetzgebung, hervorragende Arbeitsgesetze. Man hätte einiges davon in das gemeinsame Deutschland retten können, aber daran hatten die Mächtigen zur Wendezeit gar kein Interesse. Es ging denen doch nicht in erster Linie um die Menschen, es ging um Märkte und um unliebsame Konkurrenzbetriebe im Osten, die man dann schnell platt gemacht hat. Ich kann bis heute nicht daran glauben, dass die Wirtschaft im Osten am Ende war. Zugegeben, es gab eklatante Mängel, ernsthafte Probleme, aber trotzdem waren die Produkte ganz ordentlich. Das mussten sie auch, da vieles gebaut war, um lange zu halten und nicht nach ein paar Monaten schon wieder durch was Neues ersetzt zu werden. Und außerdem war vieles für den Westexport bestimmt. Die hätten mangelhafte Produkte doch nicht gekauft von uns."

Stefan denkt an sein Handy. Er bekommt alle zwei Jahre automatisch ein neues, besseres zugeschickt und findet das auch ganz in Ordnung so. Er gibt das dem Großvater auch zu verstehen. Der winkt nur ab. „Ist das notwendig? Du musst Dir immer und bei allem die Frage stellen, wem es nützt! Und in dem Fall nützt es den Firmen viel und Dir ein wenig, Du kannst Dir's wenigstens einbilden, dass es so ist."

Der Alte steht auf, nimmt sein Geschirr und geht zur Spüle. Er atmet tief die Sommerluft ein, die durch das Fenster hereinkommt. Stefan ist ebenfalls aufgestanden, trägt Tasse, Teller und Teekanne zum altmodischen Spültisch. Dann stehen sich die beiden gegenüber. Der Großvater legt seine Hand auf Stefans Schulter. „Nimmst dem Alten seine Ansichten nich krumm, nich war; bin eben schon en alter Sack und aus nem alten Sack wird wohl kein moderner Beutel mehr." Stefan muss lachen. Der Großvater lacht nun ebenfalls. „Was machen wir beide heute denn so?", fragt er. Die Antwort ist ein Achselzucken. Darauf sagt Alfred: „Na, dann fahren wir mal mit dem Boot auf den See raus. Wir nehmen uns was zu essen mit und bleiben tagsüber draußen. Wenn wir Glück haben, fangen wir ein paar Fische, sonst legen wir uns abends ne Wurst aufn Grill." Stefan ist einverstanden. Die beiden packen sich ein paar Sachen ein, etwas zu trinken und zu essen, und gehen dann gemächlichen Schrittes zum See hinunter.

Die Boote träumen im Sommerwind und schaukeln mit den Wellen. Stefan lässt dem Alten den Vortritt, hält das Boot fest, damit Opa Alfred es sich bequem machen kann. Dann löst er die Leine von der Klampe und gibt dem Boot einen kräftigen Stoß, bevor er behände hineinspringt. „Man langsam, Seemann", brummt der Alte. Stefan rudert mit kräftigen Zügen und bald ist das Boot schon weiter als drei Steinwürfe vom Ufer entfernt. Auf dem Achterwasser tummeln sich einige Enten, im Schilf nahe der Insel steht ein Graureiher und äugt zu den beiden herüber. Wenn Stefan nicht rudert, schlagen kleine Wellen an die Bordwand. Der Großvater sitzt auf der Achterducht und kramt in seiner Tasche. Dann holt er ein paar Fotos heraus. „Willste mal sehn?" Er reicht Stefan die Bilder. Es sind alte Schwarzweißaufnahmen, manche unscharf und verwackelt. Er sieht darauf den jungen Großvater mit einer Frau, vermutlich seiner Großmutter. Daneben ein kleiner Junge, Stefan glaubt, seinen Vater zu erkennen. „Ist das mein Vater?" „Jo, das is Dein Vater, als kleener Hosenschisser. War ne schöne Zeit damals. Da war die Familie noch in Ordnung." Der Alte wischt sich eine Träne vom Auge. „Die scheiß Politik hat alles kaputt gemacht, nur weil wir alle glauben, so handeln zu müssen, wie wir's taten und keiner nachgeben konnte. Das is im Großen so wie im Kleenen." Dann erzählt er davon, wie enttäuscht er war, als Stefans Vater sich ohne Ankündigung im Sommer 1989 in den Westen abgesetzt hat. Von einem Tag auf den anderen hatte Alfred seinen Sohn verloren. Nicht mal verabschiedet hätte er sich. Nach Wochen war eine Karte aus Bayern gekommen. Und damals war noch nicht absehbar, dass man sich je würde wieder besuchen und sehen können. Und später dann hatte Micha ihn nur ein Mal besucht, nachdem er hier nach Mecklenburg umgezogen war. Stefan erinnert sich daran. Er war damals noch klein und hat sehr unter dem Streit gelitten. Da wurde gebrüllt und geschimpft, das weiß er noch ziemlich genau. Aber weder die Schlichtungsversuche von Stefans Mutter noch die von Großmutter bewirkten etwas. Und immer wieder fielen die Worte „Bonze" und

„Feigling". Stefan hat seit dieser Zeit eine Art Allergie auf diese beiden Worte entwickelt. Sie scheinen ihm das Synonym für familiären Unfrieden zu sein.

„Wir hätten uns längst mal richtig aussprechen sollen, aber mein Herr Sohn kommt mich ja nich besuchen. Ich gäb manchmal was drum, die Zeit zurückdrehen zu können. Aber was war, das war halt." Der alte Mann seufzt. Er tut Stefan leid, trotzdem möchte er das Gespräch lieber wieder auf etwas anderes lenken. Über die Familie zu reden, ist ihm manchmal einfach zu kompliziert. Aber er nimmt sich fest vor, noch einmal mit seinem Vater zu sprechen. Er wird ihm beim nächsten Telefonat sagen, dass sich der Großvater geändert hat, er seine Ansichten jetzt im Alter hinterfragt und manches eben auch kritischer sieht als früher. Und wenn das Großvater kann, warum soll es dann der Vater nicht können. Stefan lächelt den Großvater an. Unvermittelt fragt er dann: „Sag mal, Opa, bist du eigentlich heute auch noch Kommunist?" Alfred ist etwas erstaunt über diese direkte Frage, dann antwortet er vielsagend: „Wer heute noch

Kommunist ist, der muss schon ein ganz roter Fuchs sein. Ich glaub an keine Religion mehr, Stefan."

Und dann lächelt er zurück.

10

Die Marschmusik der Militärkapelle ist schon von weitem zu hören. Auf dem riesigen Platz hat sich eine unüberschaubare Anzahl von Menschen versammelt. Das Bunt ihrer Kleidung passt so gar nicht in den Alltag der Soldaten. Die hatten in den letzten beiden Wochen schon fast vergessen, was bunt ist. Im Gleichschritt kommt Michas Kompanie auf den Platz marschiert. „Links, zwo, drei, vier ... links, links, links", Hauptmann Bobersen ist ganz in seinem Element. Es gibt offenbar Menschen, denen ist das Militärische auf den Leib geschrieben, sie leben zackig, sie reden zackig und vielleicht sterben sie eines Tages auf eben diese Weise.

Die Kompanie steht im Stillgestanden. Micha versucht trotzdem, seine Freunde unter den Besuchern zu entdecken. Aber das ist aussichtslos, zu viele Zivilisten sind heute gekommen, um der Vereidigung ihrer Söhne, Brüder oder Freunde beizuwohnen. Auf der Rednertribüne hat mittlerweile der Kommandeur der Schule das Wort ergriffen. Er begrüßt die Besucher und natürlich auch jene, um die es heute geht. „Sie, die Unteroffiziersschüler des Jahrgangs 1983, haben sich dazu entschieden, Ihren Beitrag zur Stärkung und Sicherung unserer Republik zu leisten. Dazu gratuliere ich Ihnen. Wenn Sie nun heute Ihren feierlichen Fahneneid leisten werden, so ist das ein wichtiger Schritt in Ihrem Leben."

Die Sonne will gerade hinter den grauen Wolken hervorkommen, besinnt sich aber nun doch und hat Verständnis für Micha, Hansa, Uwe und all die anderen, weit über hundert jungen Männer, die zwei Stunden lang stehen müssen, sich das, was man hinter vorgehaltener Hand als „rotes Gesülze" abtut, anhören müssen. Sie können jetzt nichts weniger brauchen als strahlenden Sonnenschein.

Auf ihren Gesichtern macht sich aber dann doch etwas Stolz breit. Sie sind nicht stolz auf ihr Land, nicht stolz, den Frieden sichern zu helfen oder auf all die anderen Dinge, die man offiziell von ihnen verlangt. Sie sind ganz einfach stolz darauf, die letzten zwei Wochen ohne größere Probleme überstanden zu haben, sich an das wahrlich nicht einfache Leben als Soldat auf der Insel im Norden gewöhnt zu haben. Für manchen ist es die erste entbehrungsreiche Zeit, eine Zeit, in der die Geborgenheit in der Familie, die Kumpels zu Hause und nicht zuletzt die Freundin nur noch zu einer vagen Erinnerung schrumpft.

Micha denkt an seine Freunde, die ihn heute besuchen wollen. Wird er sie finden unter all den Leuten? Warum nur hat sein Vater sich keine Zeit genommen, ihn zu besuchen? Immerhin ist der Funktionär, Parteisekretär und kommt nicht zur Vereidigung seines Sohnes an die Ostsee. Als er seinem Vater sagte, dass er sich für drei Jahre NVA-Dienst verpflichtet hatte, schüttelte der nur ein ganz klein wenig den Kopf, dann nickte er doch und sagte: „Gut so, gut." Aber heute glänzt er mit Abwesenheit. Dass die kranke Mutter nicht kommen kann, ist Micha klar, vom Vater aber ist er enttäuscht.

Hansa flüstert leise. „Hoffentlich ist der Scheiß bald vorbei, ich kann nicht mehr stehen." Diejenigen, die es gehört haben, blicken ein wenig ängstlich um sich, stimmen aber innerlich zu. Nur zu gut wissen sie mittlerweile, dass disziplinarische Verstöße großzügige Strafen nach sich ziehen können. Aber von den Vorgesetzten hat es niemand gehört. Irgendwann sind alle Redner durch. Nun wird es feierlich und es heißt schwören. Von der Tribüne wird der Fahneneid verlesen.

Ich schwöre... Und hinter jedem dieser Schwüre folgte die Eidesformel, vorgelesen von einer zackigen Soldatenstimme. Sie sollen ihr Land gegen Feinde schützen, ehrlich, tapfer und diszipliniert sein, gehorsam und ehrenhaft. Was das wirklich bedeuten würde, wenn ein Krieg ausbräche, ist den jungen Leuten, den meisten zumindest, wahrscheinlich gar nicht bewusst. Nach jedem Halbsatz ist Zeit für die Soldaten, den Eid nachzusprechen. Die Worte werden vom Wind in Fetzen über den Platz getragen. Aus den Lautsprechern dringt dieser Eid in die Köpfe der Jungen ein, aber ihr Herz erreicht er nicht. Sie sprechen nach, weil man es von ihnen verlangt, so, wie man es schon von ganzen Generationen vor ihnen verlangt hat.

Die Stille, die zwischen dem vorgelesenen Text, den verhallenden Worten aus den Lautsprechern und dem Nachsprechen der Halbsätze entsteht, ist ein wenig gespenstisch. Mitten in die Zeremonie hinein fängt dann ein kleines Kind an zu weinen. Es schreit, weint sich die Seele aus dem Leib und ist nicht zu beruhigen. Vielleicht spürt es das Unheimliche der Situation. Ein wenig Schadenfreude legt sich auf das Gesicht von Hansa. Wahrscheinlich denkt er, dass es nur diesem Kind verziehen wird, die Zeremonie zu stören. Da hat doch eine junge Mutter nicht die Macht, bei einer so staatstragenden Handlung, wie der Vereidigung des Kindsvaters, die volle Aufmerksamkeit des Kindes zu gewährleisten. Eine Schande für den jungen Staatsbürger! Hansa kichert in sich hinein. Er hat die ganze Zeit schon seine rechte Hand hinter seinem Hintern versteckt und überkreuzt aus tiefster Überzeugung seinen Zeige- mit dem Mittelfinger, während er den Eid nachplappert. Soviel Ehrlichkeit muss dann doch sein.

Endlich dürfen die in den letzten Wochen zu ordentlichen Kämpfern gedrechselten und nun vereidigten Soldaten wegtreten und ihre Verwandten begrüßen. Micha macht sich auf die Suche nach seinen Freunden. Mütter umarmen ihre Söhne, Väter beklopfen die Schultern ihrer Jungs und Freundinnen küssen ihre Kerle, auf die sie trotz alles Politischen ein wenig stolz sind. Mit einem Male ist das kleine Kind, das vorhin mit Schreien auf sich aufmerksam gemacht hat, zu sehen. Mit großen Augen staunt es die Soldaten an. Seine kleinen Finger zeigen auf jeden Uniformierten. „Papa, ... Papa." Die Umstehenden lachen und machen Zoten. „Das sind nicht alles deine Papas, Kleiner.", sagt Hansa laut. Und mit einem Blick auf die junge Frau ergänzt er dann: „Obwohl die es alle gerne wären." Die Mutter des Jungen läuft rot an. Ihr Mädchengesicht scheint etwas zu lächeln. Sie sieht sich lange um, ehe sich ein Kerlchen zu ihr gesellt und ihr einen verstohlenen Kuss auf die Wange gibt. Der junge Mann sieht aus, als steckte er noch mitten in der Pubertät. Die beiden entfernen sich langsam. Micha sieht ihnen nach. Er ist ein wenig traurig, dass er keine Freundin hat, von einem Kind ganz zu schweigen. Vielleicht aber ist es gar nicht so schlecht, solo zu sein. Weiß man, ob den Mädchen die drei Jahre nicht doch eine zu lange Zeit fürs Warten sind?

Uwe und Hansa haben ihre Verwandten entdeckt und verabschieden sich von Micha. „Bis später dann, und trink nicht so viel." Micha schüttelt den Kopf. Dann entdeckt er Andreas, Kornelia und Annette. Die drei strahlen ihn an, Micha freut sich ehrlich, sie zu sehen. Sie umarmen sich. Die Freunde sind neugierig. „Erzähl mal, wie es so ist hier." Was soll Micha erzählen. Soll er etwas sagen über seine ersten Enttäuschungen? Über den ungewohnten Drill, die rauen Sitten, die Pöbeleien? Über das anmaßende Gehabe gewisser Dienstgrade, die sich grüßen lassen, als wären sie sonst was für Persönlichkeiten, kaum ein paar Jahre älter als Micha? „Es ist auszuhalten, die letzten Jahre bekomme ich auch noch rum." Die Drei lachen und sie nehmen dieses Lachen mit in den Tag. Nachdem sie sich Michas Stube angesehen haben, suchen sie sich einen stillen Platz in einem Wäldchen. Die Kneipe im „Haus der Armee" ist vollkommen überfüllt. Kein Tisch ist zu bekommen. Aber Andreas hat vorgesorgt und ein paar Biere mitgebracht. Sie setzen sich ins Gras.

„Was gibt's zu Hause?" Micha ist neugierig. Aber so recht will keiner was erzählen, es ist bereits eine kleine Fremdheit zwischen ihnen. Liegt's an der Uniform, die Micha trägt oder sind es die Wochen, die sie schon trennen? Erstmal stoßen sie an, die Bierflaschen klingen. „Prost, auf Euer Wohl." Micha trinkt in großen Zügen sein erstes Bier nach einer gefühlten Ewigkeit. Er wischt sich den Schaum vom Mund. „Ihr glaubt gar nicht, wie viel Sport wir hier machen müssen; jeden Morgen dreitausend Meter am Strand. Und Ihr wisst ja, wie gern ich immer Sport gemacht habe." Ein Schmunzeln ist die Antwort. „Gestern habe ich mich mit unserem Feldwebel unterhalten, eigentlich ein ganz ordentlicher Mensch. Der ist seit sechs Jahren hier, als Berufsunteroffizier hat er noch vier Jahre vor sich. Ich glaube, wenn man mal ein Problem hat, kann man sich ganz gut an ihn wenden." Micha nimmt wieder einen tiefen Schluck aus der Flasche. „Ich hab wirklich gedacht, ich tue das Richtige. Aber ich weiß nicht. Hier geht's gar nicht um den Frieden, ich glaube eher, hier führen sie untereinander Krieg. Und ich habe das Gefühl, dass der Feldwebel das ähnlich sieht."

Die drei Freunde schauen sich an, sie können Micha nicht folgen, weil sie nicht wissen, wie es ist, hier zu leben. Keiner von da draußen kann das wissen, wenn er es nicht selbst erlebt hat. Kornelia fragt, ob sie nicht zum Strand gehen könnten. Micha trinkt sein Bier aus und steht auf. „Los, lasst uns gehen, ein paar gemeinsame Stunden haben wir ja noch."

Am Strand ist ebenfalls eine Menge los. Michas Freunde sind erstaunt über den gewaltigen Bau von Prora. Von hier aus ist das kilometerlange Gebäude zwar kaum zu sehen, aber allein die Kaimauer macht Eindruck. Sie setzen sich auf die Steine am Kai. Die Reste von dem, was einmal das südliche Empfangsgebäude werden sollte, sind von hier aus sichtbar. Ruinen, teilweise von Unkraut überwuchert. „Die Nazis haben hier was Gigantisches geplant, sind aber nicht fertig geworden." Micha erzählt seinen Freunden die Geschichten und Gerüchte, die er selbst erst vor kurzem vom unsympathischen Wisch erfahren hatte. „Übrigens hieß das Ding hier nicht immer Militärtechnische Schule, bis vor kurzem war es die Technische Unteroffiziersschule, abgekürzt TUS. Böse Zungen behaupten, das stand für Tanz- und Sportschule, wegen des vielen Sports, Ihr versteht?" „Na da bist Du ja genau richtig hier." Andreas kannte Michas unsportliche Ader.

Der Nachmittag steht kurz davor, dem frühen Abend zu weichen. Der Seewind vertreibt nun die Gäste vom Ufer. Auch Michas Freunde wollen langsam aufbrechen. Sie haben noch einen weiten Weg. Von Prora mit dem Bummelzug nach Bergen und von dort weiter nach Stralsund. Dort müssen sie zwei Stunden warten, dann fährt sie ein D-Zug nach Berlin und wenn alles klappt, sind die drei am nächsten Morgen wieder zu Hause. Micha begleitet seine Freunde zum Bahnhof. Er wartet noch, bis der Zug kommt. Die Worte fallen ihnen schwer. Es gibt kaum noch etwas, das gesagt werden muss und die unsichtbare, kleine Fremdheit zwischen ihnen ist nicht verschwunden.

Sie rauchen gemeinsam eine letzte Zigarette, schweigend, und schauen sich dabei nicht an.

Als der Zug am Bahnsteig hält, umarmen sie sich zum Abschied. „Schön, dass Ihr da wart. Und vergesst mich nicht, schreibt mal und grüßt die anderen von mir." Sie versprechen es und steigen in den überfüllten Zug. Der steht abfahrbereit, die Türen schlagen zu und ohne sich noch einmal umzudrehen, geht Micha weg vom Bahnsteig. Er weiß nun, dass es nie wieder so sein wird wie vor seiner Einberufung zur Armee. Und dass seine Freunde oder er nicht mehr die alten sind.

Nun aber warten seine Kameraden auf ihn, vielleicht so mancher neue Freund darunter. Langsam geht er den Weg zur Kompanie. Seine Gedanken wandern noch einmal zu den Dreien im Zug und zu seinen Eltern. Schade, dass sie nicht da waren. Gerade auf seinen Vater hatte er gehofft. Auf der Betonstraße mischt sich Micha unter die vielen anderen Rückkehrer und ist bald mitten unter ihnen verschwunden.

11

Wind ist aufgekommen, das Boot ist weit hinausgetrieben, es wirkt verloren. Die Wellen lassen es heftig schaukeln. Der hohe Nachmittag ist heran und Alfred will zurück an Land. Während Stefan kräftig rudert, erinnert sich der Alte. „Dein Vater hat's mir nie leicht gemacht. Der war immer schon kritisch, mit sich, aber auch mit den anderen." Ruderschlag um Ruderschlag, das Boot giert, die Wellen glucksen an die Bordwand.

Silberlicht liegt über dem Wasser. In der Ferne ist das Ufer zu erkennen, ein paar Badegäste bevölkern den Strand. „Hat Dir mein Sohn eigentlich jemals davon erzählt, was er während seiner Armeezeit auf Rügen erlebt hat?" Alfred richtet die Frage unvermittelt an Stefan. „Nö, nie." „Na, vielleicht tut er's ja eines Tages mal. War schon einschneidend damals, für ihn und auch für mich."

Langsam wird die Düne größer, Stefan rudert kräftig. Der Alte schaut auf seinen Enkel. Es sind diese Stunden, die in Erinnerung bleiben werden bei dem Jungen. Viel zu oft im Leben interessieren wir uns nicht für den Anderen, sein Woher und Wohin, seine Beweggründe für Getanes und Unterlassenes. Alfred möchte Stefan noch viel mit auf den Weg geben, möchte

Verstehen säen, wo bisher Unverständnis wucherte. Er möchte seinem Enkel erklären, was ihn bewog, sich im kleinen Ländchen zu engagieren und vor allem, warum es schief ging mit dem Experiment.

„Weißt Du …", sagt er plötzlich und Stefan sieht ihm an, dass er aus einem tiefen Gedanken heraus spricht. „Weißt Du, woran die ganze DDR letztlich gescheitert ist?" Der Enkel zuckt mit den Schultern und konzentriert sich ganz aufs Rudern. „Sie is einzig und allein am Egoismus gescheitert. Sowohl dem der Regierten wie auch dem der Regierenden. Die einen wollten alles Materielle haben wie im Westen, und die anderen och. Und nur die, die sich selbst in Wandlitz einsperrten, konnten sich's besorgen." Und nach einer Weile des Schweigens fügt er leise hinzu: „Egoismus ist eine Krankheit, aus der alles andere kommt. Machtstreben, Geldgier, Hass, alles."

Stefan hält im Rudern inne. „Glaubst Du das, Großvater? Sind nicht alle Menschen auf ihre Art egoistisch?" Alfred nimmt seine zitternde Hand vom Bootsrand und lässt sie sanft ins Wasser gleiten. Das Nass spritzt auf die

Unterarme, der alte Mann genießt es. „Vielleicht sind sie es, der eine mehr, der andere weniger. Wir glaubten damals, wir könnten uns die Menschen nach unseren Vorstellungen backen, das ging eben schief." Alfred richtete den Daumen nach oben. „Und die da oben waren keinen Deut besser, keinen. Vielleicht kann es Gerechtigkeit auch gar nicht geben, solange der Egoismus unter uns ist. Und das is er ja offenbar noch ne Weile." Stefan rudert weiter. Mit kräftigen Zügen der Ruder erreichen sie am späten Nachmittag den kleinen Hafen wieder.

Am Abend dann ist der Himmel ohne Wolken. In voller Klarheit stehen die Sterne über der See und dem Achterwasser. Letzte Möwen schreien in die Dunkelheit. Die Brandung ist von fern zu hören. In immer gleicher Weise, so scheint es, wirft sich das Meer auf den Strand, wird von unbekannter Hand zurückgezogen und wirft sich wieder darauf. Ständiges Kommen und Gehen, Auf und Ab, Einatmen und Ausatmen. So ist das Leben, denkt Alfred. Nie bleibt etwas gleich, Veränderung über Veränderung, Pulsschlag um Pulsschlag, Welle um Welle. So ist das Leben!

Stefan hat den Grill angeheizt, die Würste brutzeln, sind fast fertig, und das Fett tropft zischend in die Glut. Stefan löscht mit Bier, erst das kleine Feuer im Grill, dann seinen eigenen Durst. Alfred hat sich ebenfalls eine Flasche geöffnet. Seine Ärzte haben ihm Alkohol untersagt, aber sie sehen es ja nicht an diesem Abend unter den Sternen. Mit kleinen Schlucken trinkt der alte Mann. Wie wohl ihm ist. Dass er seinen Enkel noch einmal zu sehen bekommt, auch für länger, hätte er nie geglaubt. Er freut sich. Es ist eine ehrliche Freude und er muss diese Freude in Worte kleiden. „Du, ich bin sehr froh, dass Du da bist." Und nach einer Weile: „Schöner wär's ja noch, wenn auch Dein Vater herkäme, der Dickschädel." Sie essen stumm, die Seeluft hat sie hungrig gemacht. Der alte Mann isst langsam, bedächtig, genießt die Bissen. Stefan hat ein paar Windlichter angezündet. Er blickt von der Seite auf seinen Großvater. Was muss dieser Mann alles erlebt haben. Als Kind noch in Kriegstagen geboren, Entbehrung und Hunger. Dann der Aufbau, schwere Jahre. Und doch voller Hoffnung auf eine bessere Welt in Frieden. Und dann die Enttäuschung, die Erkenntnis, lange Jahre vergebens einer Utopie angehangen zu haben. Vergebens?

Die Würste sind aufgegessen. Stefan fragt nach. „War es für Dich vergebens, Dein Leben meine ich?" Der Großvater macht große Augen, blickt seinen Enkel an. „Denkst Du das? Nein, vergebens war es nicht. Ich hab an die Idee einer besseren Welt geglaubt und ich glaube noch daran. Ich halte viel von der sozialistischen Idee. Die alten Männer in ihrem Oberstübchen haben sie aber bis auf weiteres zuschanden geritten. Der Mensch kann nicht auf Dauer glücklich werden, wenn er sich selbst im Wege ist. Es wird 'nen neuen Versuch geben müssen, eine gerechte Gesellschaft aufzubauen. Nicht gleich, weil das gebrannte Kind ja das Feuer scheut. Und ich hoffe, dass es dann ehrlicher zugehen wird. Aber kommen muss das, schon deshalb, weil die Rohstoffe auf der Erde endlich sind." Stefan nimmt einen kräftigen Zug aus der Flasche, Alfred nippt nur aus seiner. „Mach uns doch mal ein Feuer an, Stefan. Holz liegt hinterm Schuppen."

Als das Feuerchen lodert, nimmt der Großvater den Gesprächsfaden wieder auf.

„Alles ist endlich auf diesem Planeten, Öl, Kohle, seltene Erden, alles. Da kann es kein unendliches Wachstum für alle Zeit geben. Da hat's ein Ende irgendwann mit der kapitalistischen Wirtschaft, weil schlicht nichts mehr da sein wird. Und dann gibt's zwei Möglichkeiten: Verzicht oder Krieg bis zur Selbstvernichtung. Genügsamkeit wird dann die Lösung sein. Derzeit verbrauchen wir unsere Erde, als gäbe es eine zweite." Das Feuer knistert, kleine Funken sprühen Richtung Himmel und gesellen sich zu den Sternen. „Es muss ja keine neue Weltsicht sein, kein neuer Ismus mit Ideologien, einfach nur Verzicht. Und Verzicht werden die Leute aus der Not heraus üben müssen."

Stefan schweigt. Er denkt nach über die Worte seines Großvaters. Ihm scheint, als ob da einige Wahrheit drin steckt. „Was glaubst Du, wann das soweit sein wird?" Der Alte wiegt bedächtig den Kopf. „Für ein, zwei Generationen wird es schon noch reichen. Aber schon heute ist absehbar, was passiert, wenn das Trinkwasser knapp wird. Der Norden wird sich nicht retten können vor endlosen

Flüchtlingsströmen. Ich bin froh, dass ich's nicht erleben werde."

Das Feuer knistert in die Stille. „Der Kapitalismus als Gesellschaftsform ist nicht in der Lage, vernünftig mit der Welt umzugehen. Er ist ohne Ethik, Wirtschaft ist immer ohne Ethik. Aber es braucht Ethik in einer chaotischen Welt. Ohne sie sind wir dem Untergang geweiht." Stefan fühlt sich herausgefordert. „Und Du glaubst nicht daran, dass wir es durch Regulation, durch Gesetze und letztlich durch Vernunft schaffen können?" Der Großvater winkt verächtlich ab. „So etwas wie Vernunft gibt es nicht. Als ich so jung war wie Du, glaubte ich auch daran. Das Leben hat mich eines Besseren belehrt. Vernunft und Einsicht sind Dinge, auf die wir besser nicht hoffen sollten." Stefan will sich nicht zufrieden geben. „Ich glaube daran, dass es nie so weit kommen wird, wie Du es siehst. Ich glaube an die Vernunft. Und ich hoffe darauf, dass sich die Menschen für das Richtige entscheiden werden." Und weil sich Alfred nicht streiten möchte, beruhigt er seinen Enkel. „Um Deinetwillen hoffe ich, dass Deine Hoffnung nicht vergebens ist, für mich aber habe ich sie aufgegeben."

Langsam wird es kühl, selbst das Feuer verhindert nicht, dass Großvater und Enkel leicht zu frieren beginnen. Beide rücken näher an das Feuer heran. Oben am Himmel glüht ein Meteor auf und zieht eine langsame und deutliche Lichtspur durch die Sterne, bevor er schwächer und schwächer wird. Stefan und Alfred blicken hinauf. „So ist auch unser Leben, Stefan. Wir können nur diese kleine Spur hinterlassen, die am Ende wieder unsichtbar wird. Aber wir haben sie hinterlassen. Der eine ne hellere, der andere nur ne kleine, dunkle."

Ein wenig Wind ist von seewärts aufgekommen. Er bläst in das Feuer und zerstiebt die glühenden Späne. „Wir sollten langsam zum Ende kommen für heute, es ist spät geworden." Alfred gähnt leise. Beide stehen auf, Stefan holt einen Eimer mit Wasser, um das Feuer zu löschen. Zischend ersterben die Flammen, nur ein Windlicht züngelt noch ein wenig Licht in die Dunkelheit.

Mit eindrücklicher Klarheit steht die Milchstraße am dem mondlosen Himmel. Ihr Licht reicht bis fast auf das Meer, das sich in der Ferne verliert und nur durch das leichte Rauschen bemerkbar ist. Ein friedlicher Abend geht in eine ebensolche Nacht über. Die Zeit scheint still zu stehen. Der Enkel und sein Großvater atmen die klare Luft ein. Es bedarf keiner Worte, dieser Moment unter den Sternen wird bleiben. Schweigen, eine Zeit lang.

Alfred nimmt noch einmal den Gedanken vom Tag auf. „Dein Vater hat Dir also wirklich nichts erzählt von seiner Zeit am Meer, seiner Armeezeit? Das wundert mich. Ich dachte immer, dass er dieses halbe Jahr als Zäsur betrachtet hat, als wichtige Zeit seines Lebens, in der sich manches entschied. Nun, ich denke, dass ich Dir davon berichten sollte, in den nächsten Tagen ist ja noch Gelegenheit dazu." Jetzt war Stefan neugierig geworden. „Wo war denn Vater bei der Armee?" „Er war auf Rügen, in Prora. Das liegt im Osten der Insel." Der Alte hält lange inne. Dann fügt er hinzu: „Wir haben ihn nicht mal zu seiner Vereidigung besucht. Ich wusste schon damals, dass seine Entscheidung, länger zu dienen, für ihn nicht gut war. Aber als Parteisekretär konnte ich's ihm schlecht ausreden." Stefan fragt weiter. „Und was war so besonders an der Armeezeit von Vater?" Alfred schluckt. Er weiß nicht, welche Worte er wählen soll, um Stefan nicht zu erschrecken. Schließlich aber und nach längerem Schweigen spricht er es zögernd aus. „Dein Vater hat während seiner Armeezeit auf der Insel Rügen einen Selbstmordversuch unternommen." Schweigen, Stille.

Von fern ist leises Meeresrauschen zu hören.

12

Der Alltag ist eingezogen. Und der Alltag besteht aus Pflicht. Morgens um sechs geht sie los. Ein dreitausend Meter langer Pflichtlauf, entlang am Strand in Richtung Kaimauer, dann durchs Gelände zurück. Morgen für Morgen, Tag für Tag, bei jedem Wetter. Wer abkürzt oder sich drückt und erwischt wird, hat es doppelt schwer. Dann wird der Frühsport nachgeholt. Wenn dann am Nachmittag der Befehl „Raustreten zum Frühsport" ausgegeben wird, trifft das den ganzen Zug, nicht nur den, der sich drückte. Kollektive Bestrafung, die sich hinter kollektiver Erziehung zu verbergen versucht und die zum Arsenal der Erziehung zur sozialistischen Soldatenpersönlichkeit gehört.

Es geht weiter mit Körperpflege, Frühstück und Ausbildung. Ausbildung, die mal interessant ist, mal langweilig. Ein Alltag, der in Trott zu münden droht. Hansa, Micha, Uwe und die anderen der Stube sind Freunde geworden. Eines Morgens kommt der Befehl, in schwarzer Arbeitskombi rauszutreten. „Was is man nun wieder?", fragt Uwe. In der Nacht hatte es Sturm gegeben, der Wind war auflandig. Er hatte einen großen Baumstamm an den Strand gespült. Oberfähnrich Dickwein sagt: „Ein angespülter Baum ist unmilitärisch, der muss weg!" Die Männer von Zug Zwei sind auserwählt, den Stamm verschwinden zu lassen. Mit dem Klappspaten bewaffnet, rücken die etwa fünfzehn Jungs dem Strandgut zu Leibe. Der Baum wird in der nächsten Stunde am Strand vergraben. Vergraben ist ohnehin das Mittel der Wahl, wenn etwas verschwinden soll.

Beim morgendlichen Reinigen des Außenreviers unterhalb der Unterkunftsfenster wird jeglicher Müll vergraben. Ganze Generationen von Soldaten haben das hier schon so gemacht. An mancher Stelle lässt sich der Spaten gar nicht mehr ins Erdreich drücken, ohne auf Müll zu stoßen. In den nächsten Wochen wird noch manches vergraben werden. Unter anderem eine Kiste, in der sich überzähliges Sanitätsmaterial befindet. Der Oberfähnrich hatte vorgesorgt, aber nicht mit einer Inventur gerechnet. Also wird die überzählige Kiste verbuddelt. Spätere Generationen werden sie am östlichen Strand der Insel Rügen finden und sich fragen, warum deren Inhalt vergraben wurde. Und Dickwein wird dann schon tot sein und keine Auskunft mehr geben können.

Der Hauptfeldwebel ist ohnehin ein besonderer Typ. Er macht auf die jungen Leute den Eindruck, als sei er in Uniform zur Welt gekommen. Er sächselt unmerklich, wenn er spricht und kann seine Herkunft aus dem Süden des Ländchens nicht verbergen. Und er hat ein Hobby. Er möchte mit seiner Kompanie Erster sein, möglichst auf allen Gebieten. So gehört es zu den besonders beliebten Strafen, die er freigiebig verteilt, im gesamten Objekt nach Knüllpapier zu suchen. Dickwein möchte eine saubere Kaserne. Die Kompanien stehen im Wettbewerb um die meisten Säcke voller Knüllpapier. Das kleinste Vergehen, wie eine unsaubere Kragenbinde am Morgen, wird mit dem Sammeln von Knüllpapier im gesamten Kasernenbereich geahndet.

„Unteroffiziersschüler Bilek, drei Säcke Knüllpapier heute Abend, verstanden!" Am Abend zieht Uwe mit drei leeren Plastesäcken los. Micha hilft ihm. Da aber kaum noch Papier im Gelände zu finden ist, wird ein Trick angewandt. Anstatt die auf der Stube gelesenen Zeitungen ins Altpapier zu geben, werden sie zu Knüllpapier verwandelt. Die Säcke füllen sich, die Strafe wird getilgt mit drei vollen Säcken. Dass es sich nicht um gefundenes, sondern mitgebrachtes Papier handelt, bleibt unentdeckt.

Eines Tages ist es soweit. Die Kompanie, zu der Micha, Uwe, Hansa, Jens und Torsten gehören, muss zum ersten Mal Wache schieben. Hansa, Micha und Uwe werden zum Dienst im

Munitionslager eingeteilt. Dieses befindet sich außerhalb der Kaserne in einem Waldstück rechts von der Straße nach Binz. Sie dürfen die Kaserne verlassen, wenn auch nur als Wachsoldaten und für eine Nacht. Hansa ist als Erster dran. Zwei Stunden einsam im Wald stehen. Dann zwei Stunden Bereitschaft und schließlich zwei weitere Stunden Schlaf, das Ganze vierundzwanzig Stunden lang.

Als Micha an der Reihe ist, hat die Dunkelheit bereits den Wald vollständig in Besitz genommen. Ab und zu knackt es im Unterholz. Allein im Wald kann man sich allerlei Gefahren ausmalen. Es soll wohl vorgekommen sein, dass Soldaten aus Angst schon um sich geschossen haben. Plötzlich wieder Geräusche, Schritte, die sich nähern. „Halt, wer da?" Micha kennt die Anweisungen und handelt danach. „Wachhabender mit Begleiter zu Postenkontrolle." Aha, Unteroffizier Sarotzki gibt sich die Ehre. Micha macht Dienst nach Vorschrift und tut so, als erkenne er die Stimme des Unteroffiziers nicht.

„Gesicht anleuchten!" Sarotzki leuchtet sich in sein Gesicht. „Sie werden mich wohl erkennen, oder?" Micha macht ihm Meldung. „Postenbereich 23 ohne besondere Vorkommnisse." „Weitermachen!" Sarotzki geht den Postenweg weiter, zum Wachhäuschen zurück. Die Taschenlampe funzelt noch eine Zeit lang herum, dann ist wieder Stille. „Blödmann", denkt Micha. Die Zeit scheint aus einem Brei zu bestehen. Endlich kommt die Ablösung und Micha kann ins Gebäude gehen. Ihn fröstelt. Die Nachtluft und der fehlende Schlaf tragen das ihre bei.

Eine Woche später steht die Kompanie bereits wieder Wache. Diesmal am sogenannten Kontrolldurchlass, auch KDL genannt. Zusammen mit einem Wachoffizier werden alle Personen und Fahrzeuge kontrolliert, die das Kasernengelände betreten oder verlassen wollen. Die Nacht verläuft ruhig. Gegen Morgen jedoch kommt Hektik auf. Der Kompaniechef, Hauptmann Bobersen, ist persönlich gekommen. Jetzt wird die Prinzengarde geprobt. Micha kommt aus ungläubigem Staunen nicht heraus. Was ist das nun wieder? Fünf Wachsoldaten müssen auf dem Platz vor dem

Wachgebäude Aufstellung nehmen. Bobersen wie immer ganz Militär und in seinem Element.

„Wenn der Genosse General morgens das Gelände betritt, wird er Sie begrüßen und fragen, wie es Ihnen geht. Sie antworten ihm dann mit ,Gut, Genosse Generalmajor', ist das klar?" Den Jungs ist es klar und obendrein egal. Was für ein Kaspertheater. Sie proben das zwei, drei Mal. Gegen sieben fährt das Auto vom General vor. Es hält am Schlagbaum, der wachhabende Offizier springt dienstbeflissen hinzu und macht Meldung, nachdem sich der General umständlich aus dem Wagen gequält hat. Er geht auf die jungen Leute zu, die übermüdet von der langen Nacht und vom zweistündig unterbrochenen Schlafrhythmus nur darauf warten, dass der Zirkus bald vorbei ist.

Uwe blickt stur geradeaus, Micha durchzittert eine kleine Angst. „Guten Morgen, Genossen." Der General wirkt schneidig. „Guten Morgen, Genosse Generalmajor." Die Worte fliegen mit dem Wind davon. Der General schreitet die Front ab. Fünf Jungs hoffen, dass er an ihnen nichts auszusetzen hat. „Wie geht es Ihnen?" Prompt kommt die Antwort. „Gut, Genosse

Generalmajor." Der General scheint zufrieden. Er wendet sich an den Bobersen. „Lassen Sie rühren und wegtreten." Nachdem das Auto mit dem Chef der Schule abgefahren ist, entspannt sich die Situation. Wie Micha und die anderen bald erfahren, wird diese Zeremonie an jedem Morgen mit der Wache aufgeführt, seit dieser General Chef der Unteroffiziersschule geworden ist. Ein kleiner König lässt sich huldigen, sein Reich liegt ihm zu Füßen.

Die Sonne hat sich während der ganzen Zeit hinter Wolken versteckt gehalten. Es scheint, dass sie ihre Strahlen nicht auf etwas so Unnützes wie diese Schauspielerei werfen wollte. Nun aber bricht sie mit Macht durch die Wolken hindurch. Nur Minuten später bremst ein Jeep vor dem Wachgebäude. Ein paar Beine werden sichtbar, eine kräftige Hand hält sich am hinteren Teil des Autos fest. Ein Kerl in Schwarzkombi entsteigt der Ladefläche. Auf der Kombi fehlen die Schulterstücke. Ein Gerücht macht die Runde. Hansa erfährt es als Erster.

„Drei Tage Arrest muss er absitzen, wegen Kameradendiebstahl. Soll wohl Geld aus dem Spind von anderen geklaut haben." Der Mensch ohne Dienstgrad wird in die Arrestzelle geführt. Ein hochgeklapptes und angeschlossenes Bett ist das einzige Möbel in diesem wenig behaglichen Raum. Es ist verboten, mit den Arrestanten zu sprechen. Die Soldaten der Freiwache sollen sich um den Bestraften kümmern und ihn beschäftigen. Sie tun's auf ihre Weise. „Laub harken, aber dalli." Danach muss er, der nur wenig älter ist als die Bewacher, die Toiletten putzen. Mit einer Zahnbürste, seiner Zahnbürste, soll er die Pinkelbecken säubern. Er tut es ohne zu mucken. Micha empfindet Scham. Schließlich weiß er nicht, was man dem Kerl wirklich vorwirft. Aber offenbar ist treten und getreten werden ein Grundprinzip in dieser Männerwelt.

Als der Arrestant draußen den Müll wegbringen soll und Micha zur Bewachung mitgeht, bietet er ihm eine Zigarette an. „Hier, aber lass dich nicht erwischen!" In die Augen des anderen treten Tränen. „Danke." Ein einziges Wort nur kommt ihm über die Lippen. Aber es kommt von Herzen, aus tiefster Seele. „Hast Du wirklich geklaut?" Micha will es genau wissen. Ein schwaches Kopfschütteln ist die

Antwort. Dann nähern sich Schritte und Micha bringt den Bestraften zurück in seine Zelle.

Wenig später entspinnt sich ein Gespräch zwischen Uwe und Micha. Sie flüstern. „Glaubst Du, dass der geklaut hat?" Uwe zweifelt. Micha auch. „Ich denke, da ist was Politisches dabei. Wer weiß, was der irgendwo gesagt oder gemacht hat." „Ich glaube, dass die uns hier verarschen, von wegen Kameradendiebstahl. Bei keinem von uns gibt's was zu holen. Am Ende hat er denen die Meinung gesagt." Micha ist sich auch ziemlich sicher. „Ich würde gerne noch mal mit ihm reden, aber da ist kaum Gelegenheit dazu." Und doch ergibt sich später noch eine.

Am Nachmittag, kurz vor dem Wachwechsel, soll der Arrestant die Straße fegen, Micha ist wieder als Bewacher dabei. Als beide ein Stückchen vom Gebäude weg sind, fragt Micha nach. „Was hast'n verzapft?" Der Fremde schaut Micha kurz an, vertieft sich dann wieder in das Kehren der Straße. „Hab abgekohlt, von zehn Jahren runter. Jetzt woll'n sie mir was anhängen." Kehren, Bahn für Bahn. Micha nähert sich. Der andere ergänzt kurz. „Ich soll nach Schwedt, Geheimnisverrat und so." Micha erstarrt. Schwedt, der Militärknast. Wer dort hin muss, kommt als anderer zurück, wenn überhaupt. Man hat Gerüchte gehört, drüber sprechen darf niemand. Schon gar nicht jene, die dort waren. Schweigeverpflichtung.

Abgekohlt also, denkt Micha. Hat sich für zehn Jahre verpflichtet und will nun aussteigen. Er flüstert. „Warum willste nich mehr?" Der Gefangene nähert sich ein paar Schritte. „Ich dachte, ich steh auf der richtigen Seite. Dabei ist das doch alles Scheiße hier." Und er ergänzt nach zwei, drei Kehrstrichen mit dem Besen. „Wenn jemals ein Krieg ausbricht, müssen manche von denen Angst haben, erschossen zu werden – und zwar von hinten!" Dabei blicken seine Augen über das Gelände. „Übermorgen geht's ab nach Schwedt. Ich komme bestimmt nach dem Absitzen der Strafe wieder hierher zurück." Einer schweigt, einer kehrt. „Wie is'n Dein Name?" Der Arrestant kommt etwas näher heran. „Norbert, Norbert Klein aus Magdeburg. Aber sag's niemandem." Das waren die letzten Worte, die Micha von Norbert hört.

Die Wellen am Strand glänzen und werfen Gischt aufs Ufer, als die jungen Leute am nächsten Tag ihre Frühsportrunde drehten. Nach dem tristen Alltag der letzten Wochen lag ihre ganze Hoffnung und Vorfreude auf der kommenden Woche. Da nämlich sollen sie auf Urlaub fahren dürfen. Urlaub, ein Wort aus einer anderen Welt.

13

In der Nacht hat Alfred einen Schwächeanfall erlitten. Stefan will den Notarzt rufen, aber Alfred wehrt ab. „Mal muss ich sowieso sterben, weit isses nich mehr hin." Der Alte schläft lange an diesem Morgen, die Sonne steht schon Stunden überm Horizont. Postkartenwetter, blauer Himmel mit weißen Wolken, hingetupfte Wattebäusche. Stefan hat schlecht geschlafen und ist aus wirren Träumen erwacht. Ihm gehen die Worte seines Großvaters nicht mehr aus dem Sinn. Sein Vater und Selbstmord, das passt nicht zusammen. Als der Alte endlich erwacht ist, sich angezogen hat und bereit für das Frühstück ist, zeigt die Uhr halb elf. Stefan hat den Tisch gedeckt, Kaffee und Eier gekocht. Er holt den Großvater aus seinem Zimmer. „Langsam, Opa … so wird's gehen."

Alfred greift sich ein Brötchen. Er muss mit dem Messer zielen, seine Hände zittern. „Alt werden is Mist." Stefan schaut ihn an. „Wie war das mit Vater und dem Selbstmord?" Es lässt Stefan nicht los, er will die ganze Geschichte wissen. Aber Alfred ist nicht nach Sprechen zumute. „Ich erzähle Dir das später, hab jetzt erst mal Hunger." Nach drei Bissen und zwei Schlucken aus der großen Tasse fängt er dann doch an zu sprechen. „Eigentlich sollte Dir das Dein Vater selber erzählen. Ich weiß nicht, ob ihm das recht ist."

Alfreds Augen wandern in eine imaginäre Ferne. Man sieht ihnen an, dass diese Ferne nicht im Raum, sondern in der Zeit zu suchen ist. Seine Gedanken wandern zurück. In seinen Betrieb, in die Zeit, als er noch Parteisekretär war. Als er glaubte damals noch, das Richtige zu tun.

„Ich war gerade damit beschäftigt, irgendwelche Probleme zu lösen. Wir hatten ständig Probleme, mussten aus Scheiße

Bonbons machen, sozusagen. Mal fehlte es an Material, mal an den Leuten und dann wieder an beidem. Es war zum Verrücktwerden. Während die in Berlin alles durch ihre rosarote Brille sahen, hatten wir an der Basis mit dem Kampf in der Ebene zu tun. Ich glaube, ich saß in meinem Büro, als das Telefon klingelte. In der Leitung war mein Kreissekretär, eigentlich ein guter Mann, aber ziemlich geschwätzig und mit ideologischen Rosinen im Kopf. Er sagte zu mir: ‚Alfred, mit Deinem Sohn ist was passiert. Es hat wohl einen Unfall gegeben Ich schicke Dir einen Wagen, fahr zu ihm hoch an die See und kläre die Dinge.‘ Ich fragte nach, was es für Dinge zu klären gebe. Darauf sagte er nur, dass mein Sohn, also Dein Vater, sich wohl ein wenig vergaloppiert habe. Ja, so sagte er‘s, vergaloppiert. ‚Fahr da hoch und bring Deinen Jungen zur Vernunft.‘ Kurz darauf rief dann ein Krankenhaus an, ich glaube, es war das von Stralsund. ‚Ihr Sohn liegt hier bei uns, bitte kommen Sie sofort.‘ Ich ließ also meine Probleme Probleme sein und stieg in das Auto, das sie mir schickten. Die Fahrt dauerte ewig.

Ein Arzt erklärte mir die Situation. Man hatte Michael am Morgen auf dem seeseitigen Kasernenhof gefunden. Beide Beine hatten schlimme Frakturen, er war an Kopf und Armen verletzt, aber trotzdem wohlauf, also nicht ernsthaft krank. Offenbar war er aus dem Fenster gestürzt. Ob es sich um einen Unfall oder eine Straftat handelt, wisse man nicht.

Ich ging zu meinem Sohn ans Bett. Er lag mit geschlossenen Augen da, sprach kein Wort mit mir. Jeder Versuch, ihn zum Reden zu bewegen, war zwecklos. Und weil ich mir ein Bild machen wollte von dem ganzen Geschehen, rief ich in der Kaserne an. Irgendein Vorgesetzter von Michael bat mich, zu ihm zu kommen. Ich fuhr hin.

‚Sie sind Parteisekretär?' Ein Hauptmann Bobersen begrüßte mich mit genau diesen Worten. ‚Man merkt dem Jungen nicht an, dass sein Vater Parteisekretär ist.' Ich fragte ihn, wie er das meine. ‚Ich hätte mehr Bewusstsein bei Ihrem Sohn erwartet, mehr Initiative und mehr Disziplin.' Meine Erwiderung war eindeutig. Ich sagte: ‚Mehr Gehorsam meinen Sie wohl, wenn Sie Disziplin sagen?' Ich war drauf und dran, mich aufzuregen. ‚Ihr Sohn hat in der letzten Woche versucht, seine Verpflichtung zum dreijährigen Ehrendienst in unser Nationalen Volksarmee rückgängig zu machen. Er dachte, er könnte hier einfach kündigen und nach Hause gehen. Wir konnten ihm das natürlich nicht einfach durchgehen lassen. Wo kämen wir hin, wenn wir so etwas täten? Wussten Sie davon?‘

Ich antwortete ihm wahrheitsgemäß, dass ich es nicht wusste. Und dann kam es. ‚Wir teilten Ihrem Sohn unsere Entscheidung gestern Vormittag mit. Er sollte zum Grundwehrdienst nach Eggesin versetzt werden. Abends hat er dann versucht, sich durch einen Sprung aus dem Fenster selbst zu töten.‘ Selbstmord, mein Sohn und Selbstmord. Unmöglich, dachte ich."

Alfred nahm einen großen Schluck aus der Kaffeetasse. Das Getränk war mittlerweile lauwarm abgekühlt. Nach einem Bissen in sein Brötchen sprach der alte Mann weiter.

„Ich war fassungslos. Für mich stellte sich die Frage nach dem Warum. Ich musste so schnell wie möglich mit Michael darüber sprechen. Du musst wissen, dass ich Micha nie sehr streng erzogen habe. Ich dachte immer, wenn er seine Freiheiten hätte, könnte er sich bei mir ein Stückchen Lebenserfahrung abschauen. Aber das ist, glaube ich, nie möglich. Erfahrungen sind wie getragene Schuhe, man zieht sie nicht gerne an, auch wenn sie passen.

Ich fragte den Offizier, ob er sich Michaels Verhalten erklären könnte. Er druckste herum. ,Wir haben ausführlich und lange mit ihm gesprochen. Er fühlte sich ein wenig überfordert mit der militärischen Disziplin, der Ordnung, der ganzen Hierarchie. Aber dass er aus dem Fenster springen würde, war nicht zu erwarten.' Ich fragte den Hauptmann, ob ich mir Michas Stube ansehen dürfte. ,Eigentlich nicht, aber ich mache für Dich, Genosse Stern, eine Ausnahme.'

Wir gingen einen langen, langen Flur entlang. Zum ersten Mal in meinem Leben empfand ich echte Beklemmung. Keine Angst, nur eine Art von Unsicherheit. Man wähnt sich unter Seinesgleichen, merkt aber, dass man hier nicht hingehört. Der Hauptmann war Genosse, in derselben Partei wie ich. Und trotzdem hatte ich kein Gefühl der Gemeinsamkeit.

Diese Kaserne in Prora ist ein Albtraum gewesen, ist es vermutlich noch immer. Unheimlich, die ganze Architektur war dazu angetan, den Menschen klein zu halten, ihm seine Ohnmacht zu zeigen. Ich konnte verstehen, dass empfindliche Gemüter da Schwäche zeigen. In Zimmer Drei, ziemlich am Flurende, saßen Michaels Freunde. Sie sprangen auf, als der Hauptmann den Raum betrat. ‚Achtung!' Der Stubenälteste machte Meldung. ‚Stube Drei mit sechs Mann belegt, vier Mann anwesend. Es meldet Unteroffiziersschüler Bilek.' ‚Lassen Sie rühren! Das ist der Vater von Michael Stern. Er will sich kurz umsehen.'

Die vier Gestalten sahen mich schweigend an. Ihnen fehlten die Worte, mir auch. Ich ging zum Fenster und schaute hinunter auf den rückwärtigen Hof. Verdammt hoch, und viel zu gefährlich für Leichtsinn. Ich verabschiedete mich dann ziemlich schnell und fuhr ins Krankenhaus zurück."

Alfred legt sein Besteck auf den Teller, die Tasse samt Untertasse ebenfalls. Er feuchtet den Zeigefinger der rechten Hand an und sammelt damit die Krumen ein, die beim Schneiden des

Brötchens umhergesprungen waren. Schweigen. Stefan fragt nach. „Und weiter?"

„Erst einige Tage später war Michael bereit, mit mir zu sprechen. ‚Weißt Du eigentlich, was diese Armee ist? Ein Haufen Getretener und ein paar, die treten. Deine Partei sagt dazu Ehrendienst. Das hat mit Ehre so wenig zu tun wie Du mit mir.' Diese Bemerkung saß wie ein Stachel. Ich sagte, dass ich enttäuscht war von ihm. Darauf er: ‚Und ich bin enttäuscht von diesem Land. Ich dachte, wir sind gemeinsam für den Frieden hier. Stattdessen führen wir einen Kampf gegeneinander, jeder gegen jeden. Die Angehörigen der Diensthalbjahre kämpfen gegeneinander, die Vorgesetzten untereinander sind sich nicht grün. Jeder will auf Kosten der anderen Karriere machen. Mir hat jetzt einer gesagt, dass mancher Vorgesetzte im Ernstfall erschossen würde, und zwar von hinten. Ist das nicht schlimm in einem Land, das sich sozialistisch nennt und glaubt, fortschrittlich zu sein? Und du verteidigst dieses Scheiß-Land auch noch.'

Ich konnte und wollte ihn nicht agitieren. Nicht jetzt und hier am Krankenbett. Also schwieg ich. Ich schwieg lange, zu lange, glaube ich. Stattdessen fragte ich ihn. ‚Junge, wie hast Du das fertig gebracht, von da oben runterzuspringen?‘ Darauf er: ‚Ich bin verzweifelt, ich kann nicht mehr, ich will nicht mehr. Aber noch größer als die Verzweiflung ist meine Enttäuschung. Alles, was man mir über Menschlichkeit und Nächstenliebe beigebracht hat, scheint hier in dieser Armee nicht gültig zu sein. Wie kann ich ein Land verteidigen, in deren Armee es so zugeht?‘ Ich konnte es ihm nicht sagen, auch ich wusste nicht, wann wir die Menschlichkeit aus den Augen verloren hatten.“

„Und wie ging das Ganze aus?“ Stefan will alles wissen.

„Michael wurde unehrenhaft aus der Armee entlassen. Er konnte nicht studieren, ihm wurden einfache Arbeiten im Betrieb angeboten. Er hielt sich über Wasser, verloren gehen konnte ja niemand bei uns. Ich musste mich mehr als einmal für Michas Verhalten rechtfertigen. Mehrere Male hatte ich Besuch von dem entsprechenden Staatsorgan, Du weißt, welches ich meine. Von mir wollten sie wissen, warum mein Sohn so handelte. Ich wusste es nicht genau, damals noch nicht! Und man nahm mich von nun an weniger ernst, ich glaube, dass man mich für einen Versager hielt. Wer seinen eigenen Sohn nicht zur Liebe auf sein Land zu erziehen vermochte, sollte das Agitieren bei anderen ganz sein lassen. Und als dann die Fluchtwelle 1989 losging, war mein Sohn nicht zu halten. Er war einer der ersten, die über Ungarn weg waren. Seitdem hasst er mich."

„Du ihn auch?"

Alfred wischt sich eine Träne fort. „Wo denkste denn hin?"

14

Große Ereignisse werfen gewöhnlich ihre Schatten voraus. Und das große Ereignis heißt Urlaub. Es sind noch zwei volle Wochen, dann soll es für vier Tage soweit sein. Allerdings ist die Zeit bis dahin ausgefüllt mit all den Dingen, an die sich Michael, Hansa, Sven, Uwe und die anderen aus der Stube notgedrungen gewöhnen mussten. Heute ist Waffenreinigen angesagt. Im Gang der Kompanie stehen die jungen Soldaten hinter ihren Hockern, haben ihre Kalaschnikows auseinander genommen und putzen. Gesprochen werden darf dabei nicht. Die Zeit steht still, das Klappern der Waffenteile fliegt durch den Flur.

Vorn bei der Tür zum Spießbüro stehen die Unteroffiziere, lachen und witzeln. Besonders Sarotzki tut sich hervor. Ihm scheint es Spaß zu machen, dass er hier laut sein darf, wenn andere schweigen müssen. „Geht's voran?", fragt er den Unteroffiziersschüler neben sich. „Jawohl, Genosse Unteroffizier.", kommt die prompte Antwort. „Gut, aber wir werden das noch genau sehen." Nach einer dreiviertel Stunde dürfen die ersten ihre Waffen vorzeigen. Sarotzki schaut durch den Lauf des Gewehrs gegen das Licht. Dann lässt er alle der Reihe nach wegtreten. „Weiterputzen, Ihre Flinten sind ja total verdreckt!" Hansa kommt kopfschüttelnd zurück. „Der hat was am Kopp, die Knarre ist doch absolut sauber!" Er macht den Test und stellt die Waffe an die Wand ohne weiter zu putzen. Nach zwanzig Minuten trägt er das Gewehr erneut nach vorn zur Prüfung. „Na, warum denn nicht gleich so, schon besser.

Bringen Sie Ihre Waffe in die Waffenkammer zurück!"

Sarotzki ist in seinem Element, er kann befehlen. Micha staunt. Hansas Waffe ist im selben Zustand wie vorhin, nun aber auf wundersame Weise sauberer. „Uns bilden sie hier zu genau solchen Idioten aus, wie der einer ist." Micha sagt das zu Uwe, der sich noch immer müht, das russische Schießwunder wieder zusammenzubauen. „Da sagst Du was. Aber wir bleiben anständig, später, meine ich."

Nach zwei Stunden haben alle ihre Waffe abgeben dürfen. Antreten zum Abendessen wird befohlen. Es gibt in der Kaserne, die sich Militärtechnische Schule nennt, ein ungeschriebenes Gesetz. Wenn die Tage bis zum Urlaub einstellig werden, darf anstelle der sonst üblichen das Lied „Gisela" beim Marschieren gesungen werden. Es sind noch vierzehn Tage bis zum Urlaub. Die jungen Soldaten sind übermütig.

Sarotzki, der den Zug führt, schreit. „Ein Lied!" Von vorn aus dem ersten Glied kommt die Antwort. „Gisela." Und von hinten dann:

„Lied durch." Die Kolonne singt. Es klingt nicht schön, aber es kommt von Herzen.

Gelb, das ist die Waffenfarbe, die so gern ich trag.
Gelb ist auch ein Kleid von Dir, das so gern ich mag.
Gisi, Gisa, Gisela, in 14 Tagen bin ich da.

Sarotzki ist wütend. „Lied aus! Seid Ihr verrückt? Das Lied darf erst ab neun Tage gesungen werden! Ihr werdet mich kennenlernen." Es dauert nicht lange. Schon nach dem Abendessen wird die heutige Freizeit abgesagt. Oberfähnrich Dickwein hat Dienst und ist in seinem Element. „Jeder drei Sack Knüllpapier bis 21 Uhr." Sein Goldzahn blitzt. „Wer singen kann, kann auch sammeln." Die Unteroffiziersschüler machen sich auf den Weg. Gut, dass man auf den Stuben mit ausreichend Zeitungen vorgesorgt hat.

Wenige Tage später. Sturmbahn. Die Hindernisse sind für manchen spielend zu schaffen, für andere nicht. Micha kämpft. Eskaladierwand, Tunnel, Seilklettern. So sehr er sich auch müht, er gehört zu den Letzten. Und die Letzten müssen gleich noch mal ran. Am oberen Fenster der Giebelwand muss Micha durchklettern, über ein verdammt schmales Brett balancieren und dann auf einen zwei Meter tiefer gelegenen Betonpfeiler springen. Von oben sieht der bedrohlich klein aus. Micha hat Angst. Er springt nicht. „Los, nun machen Sie hin, mit Ihnen ist ja kein Krieg zu gewinnen."

Die Stimme von unten ist nicht hilfreich. Schließlich springt Michael doch, besiegt die Angst. Trotzdem kommt er mit als Letzter ans Ziel. Verschwitzt und völlig außer Atem bleibt er einfach im Sand liegen. „Los aufstehen, wird's bald." Die Unteroffiziere toben sich aus, genießen die Macht, die sie in diesem Moment über die hilflose Truppe haben. „Los noch mal von vorn das Ganze." Die Jungs rennen wieder auf die andere Seite der Bahn an den Startpunkt.

Noch zwei Mal werden sie über die Hindernisbahn getrieben. Nur die fortgeschrittene Zeit lässt das Ende der Tortur zu. Völlig fertig marschiert der Zug zurück zur Unterkunft. Nur kurz können sich die jungen Soldaten frisch machen. Schon wird wieder Raustreten befohlen. Befehl auf Befehl, Schikane auf Schikane macht den Unteroffiziersschülern das Leben schwer.

Heute gibt es wieder keine Freizeit für Micha. Er, Uwe und Hansa sollen sich nach dem Abendessen am Tisch des Diensthabenden einfinden. Gemeinsam mit zwei Unteroffizieren geht es noch einmal zur Sturmbahn. Elementetraining für die nächsten anderthalb Stunden. Jedes Sturmbahnelement einzeln wird sich vorgeknöpft. „Schließlich wollen wir mit Ihnen den nächsten Krieg gewinnen, oder?" Sarotzki feixt. Am Abend fällt Micha in einen tiefen, traumlosen Schlaf.

Nur noch zwei Tage bis zum Urlaub. Neben der fachlichen Ausbildung mit all den technischen Dingen, die ein Nachrichtensoldat wissen muss, wenn er Fehler in Funkstationen finden soll, gibt es einmal wöchentlich zwei Stunden Gesellschaftswissenschaften und Politische Bildung. Da wird Marxismus-Leninismus gepaukt, aber auch Psychologie. Vor allem aber wird auf aktuelle politische Fragen eingegangen. Hier geht es um glasklare Rotlichtbestrahlung. „Polit" steht deshalb auch nicht unbedingt an oberster Stelle, wenn es um Lieblingsfächer geht. „Lieber zwei Stunden Polit als gar keinen Schlaf" hat sich als geflügeltes Wort durchgesetzt.

Die technische Ausbildung ist um vieles interessanter. Hauptmann Hucker, ein Enddreißiger mit lichtem Haar und freundlichem Lächeln hat Fehler eingebaut. Die Schüler sind eifrig bei der Fehlersuche. Der Hauptmann schaut belustigt zu. Er ist einer jener Offiziere, bei denen sich die jungen Soldaten oft gefragt haben, warum die überhaupt hier sind. Hucker scheint mit seinem freundlichen Wesen und seiner Schlaksigkeit nicht zum Militär zu gehören. Er gibt Hilfestellung. „Schauen Sie sich mal diese Baugruppe genauer an, fällt Ihnen was auf?" Unterfeldwebel Wisch assistiert ihm. „Stellen Sie sich nicht so an, das Problem muss doch auch für Sie erkennbar sein." Der menschliche Unterschied zwischen Hauptmann und Unterfeldwebel wird deutlich. Leute, die was können und solche, die vorgeben, etwas zu können. Micha und Uwe arbeiten zusammen. Sie messen Spannungen, achten nicht weiter auf Wisch. Aber in Gedanken sind sie schon im Urlaub. Endlich wieder nach Hause fahren,

Zivilklamotten tragen und keine Befehle entgegennehmen müssen.

Am Nachmittag bekommt Hansa ein Paket. Seine Mutter hat es gut gemeint. Eine große Knackwurst, ein geräucherter Schinken. Das Paket wurde kontrolliert. Hansa musste zum Spieß und es vor seinen Augen aufmachen. Es wird immer vermutet, dass Schnaps geschmuggelt wird. Und Oberfähnrich Dickwein hat Erfahrung, was Schnapsverstecke betrifft. Selbst Eingewecktes muss geöffnet werden und mehr als einmal erwies sich das als Treffer. Aber Hansas Paket ist sauber. Er wird mit Gejohle auf der Stube empfangen. „Bringt Euch heute Abend Brot aus der Küche mit, wir machen ein Nachtmahl!"

Nach der offiziellen Nachtruhe um zweiundzwanzig Uhr kramt Hansa den Schinken und die Wurst aus dem Schrank. Die sechs Kameraden setzen sich um den Tisch, greifen zu. Es schmeckt. Kauend wird geflüstert. Plötzlich wird die Tür aufgerissen. „Was ist hier los?" Der diensthabende Offizier steht im Türrahmen. „Sind Sie wahnsinnig, was ist das hier?" Die sechs fühlen sich ertappt. „Räumen

Sie sofort auf und legen sich zu Bett, auch für Sie gilt die Nachtruhe!"

Die Stubenbewohner hatten nicht darauf geachtet, dass Licht durch den Türspalt auf den dunklen Flur fällt. Die Nahrungsmittel werden konfisziert. „Sie wissen genau, dass Essen nicht auf die Stube gehört, oder?" Hansa ist wütend, sein Kopf hochrot. Aber er sagt nichts. Er will sich den Urlaub nicht vermasseln. Hansa weiß, wenn er jetzt etwas sagt, kann er möglicherweise den Urlaub vergessen. Also schweigt er, wie die anderen auch. Am nächsten Tag scheint die Sache vergessen zu sein. Keiner der Vorgesetzten verliert ein Wort darüber.

Die Zeit vergeht tropfenweise. Jeder fiebert dem Urlaub entgegen. Dann ist es soweit. Alle haben sich fein gemacht, zumindest so fein, wie das mit einer mausgrauen Ausgangsuniform möglich ist. Die Hosen gebügelt, die Krawatte auf ordentlichen Sitz geprüft. Kamm und Taschentuch sind eingesteckt und griffbereit zum Vorzeigen. Alle müssen auf dem Appellplatz antreten. Hauptmann Bobersen gibt Verhaltensregeln mit auf den Weg. „Denken Sie daran: Absolutes Alkoholverbot auf der Fahrt im Zug. Sonst sind Sie schneller wieder in der Kaserne, als Ihnen lieb ist! Und keine Kontakte mit Ausländern, denken Sie immer daran. Sie sind Teil der Schutzmacht unseres Staates!" Dann überlässt er dem Hauptfeldwebel das Wort.

Oberfähnrich Dickwein stößt heute wieder mit der Zunge an. „Jeder, den ich aufrufe, kommt nach vorn und nimmt seinen Urlaubsschein in Empfang. Danach können Sie wegtreten und selbständig zum Bahnhof laufen. Und dass mir keine Klagen kommen, sonst werden wir Freunde und Sie sammeln Knüllpapier, bis Sie schwarz werden!" Der Goldzahn blitzt im Licht der Sonne, während Dickwein die Namen verliest. Es geht nach Alphabet, sodass Michael Stern warten muss. Aber sein Name fällt nicht. Hansa darf nach vorn, Uwe geht, dann Sven, Torsten und schließlich Jens. Michaels Name fällt nicht. Der Platz leert sich. Micha und zwei, drei andere Genossen stehen in der Sonne und sehen aus, als ob ein Regenguss über sie niedergegangen wäre, bedröppelt eben.

„So, alle, die keinen Urlaubsschein erhalten haben, rücken zur Kompanie hoch und treten in zehn Minuten in Schwarzkombi auf dem Flur an." Micha steht, angewurzelt, verzweifelt. Bobersen wiederholt. „Los, hoch in die Kompanie und raustreten in Schwarzkombi in zehn Minuten. Ich werde Ihnen Beine machen." Micha weiß nicht, was hier geschieht. Gerade noch hatte er sich nach all den Wochen auf den Urlaub gefreut. Ohne Erklärung scheint ihm nun der Urlaub gestrichen zu sein. Er trabt mehr, als dass er läuft. Treppe hoch und den langen, nun menschenleeren Flur entlang bis in die Stube. Dort angekommen, zieht er sich langsam aus. Er kann wegen ein paar Tränen das Meer durch das Fenster nur undeutlich erkennen. Die Wellen schlagen wie immer an den Strand, das Meer glitzert im Licht der Sonne. Micha ist einsam, der einsamste Mensch, leer und ohne Gefühl.

Er tritt auf den Flur hinaus. Dort steht Sarotzki, grinsend und im Hochgefühl der Macht. „Los, bisschen schneller." Micha rennt auf ihn zu. „So, Genosse Unteroffiziersschüler. Wir werden uns jetzt im Laufschritt zur

Sturmbahn begeben. Sie haben es ja nötig, ein paar Übungen außer der Reihe zu machen. Und damit Sie wissen, warum das Ganze stattfindet, hier die Erklärung: Sie haben als Stubenältester geduldet, dass während der Nachtruhe auf Ihrer Stube gegessen wurde. Sie hätten das energisch unterbinden müssen. Jetzt bekommen Sie die Quittung für Ihr Verhalten. Los, Abmarsch."

Micha ist sich keiner Schuld bewusst. Was hätte er tun sollen? Seine Kameraden anscheißen? Verzweiflung und Wut paaren sich. Was ist das hier für eine perfide Veranstaltung?

Über eine Stunde lang muss sich Micha den Schikanen von Sarotzki aussetzen, eine Stunde, in der alle Züge, die ihn hätten nach Hause bringen können, längst abgefahren waren. Eine Stunde, in der Micha mehr über das System dieser Armee lernt, als in allen politischen Schulungen. Treten und getreten werden, ist so ein gemeinsamer Kampf zu gewinnen?

„Bisschen schneller, Sie schlafen ja gleich ein." Der Unteroffizier lässt Micha seine Macht spüren. Und das Allerschlimmste, dessen sich Michael Stern in diesem Moment wiederholt bewusst wird, ist, dass auch er hier an dieser

Schule zu einem solchen Ekelpaket ausgebildet werden soll, wie es Sarotzki ist. Der grinst derweil und fühlt sich in der Rolle des Antreibers wohl.

Aber diese Stunde ist für Micha ein Lehrstück. Sarotzki glaubt, den Untergebenen gebrochen zu haben, ihn gefügig gemacht und ihm gezeigt zu haben, wie der Hase zu laufen hat. Stattdessen hat Michael Stern erkannt, dass irgendetwas falsch läuft. In einer sich als human verstehenden Gesellschaft, einer, die sich Frieden als oberstes Ziel auf die Fahnen geschrieben hat, darf es einen solchen preußischen Militärapparat einfach nicht geben. Und je länger Sarotzki herumbrüllt und sich ergötzt an der Hilflosigkeit des anderen, umso fester bricht sich die Erkenntnis Bahn, dass Micha an diesen Ort nicht hingehört, er sich entgegen seiner Überzeugung hat hinreißen lassen, sich für drei Jahre in diese Armee zu verpflichten.

Michael darf sich, nachdem er und sein Peiniger wieder auf dem Kompanieflur angekommen sind, frisch machen und erneut die Ausgangsuniform anziehen. Mit zwei Stunden

Verspätung erhält er seinen Urlaubsschein. Die zwei Stunden werden sich, den Fahrplänen der Deutschen Reichsbahn folgend, zu sieben Stunden Verspätung aufsummiert haben, wenn Micha kurz vor Mitternacht zu Hause angekommen sein wird. Man hat ihm Stunden vom Urlaub gestohlen, grundlos, wie er glaubt. Er kann seinem Vater nicht in die Augen sehen, als der ihn begrüßt.

An diesem Tag hat Michael Stern einen Entschluss gefasst. Er wird seine Verpflichtung zu drei Jahren „Ehrendienst" zurücknehmen.

15

Wieder ein Schwächeanfall. Diesmal lässt sich der Ernst der Lage nicht wegdiskutieren. Der Notdienst muss gerufen werden. Er macht Stefan damit vertraut, dass nun mit allem gerechnet werden muss. Nachdem der Arzt abgefahren ist, geht Stefan zu seinem Großvater ans Bett. „Wie geht es Dir?" „Wie soll's mir gehen, bescheiden eben." Stefan bringt Alfred Tee und einen Teller mit Broten. „Ich hab keinen Appetit."

Der Alte richtet sich auf. „Pass mal auf mein Junge. Glaube mir, ich habe es bis jetzt immer ernst gemeint mit dem, was ich tat. Ich werd Deinen Vater ja nun nicht mehr zu Gesicht bekommen. Sag ihm, dass es mir trotz allem leid tut und…" Alfred unterbricht kurz, das Sprechen fällt ihm sichtlich schwer. „…und dass ich ihn geliebt habe. Was damals auf der Insel passiert ist, hätte nie geschehen dürfen. Ich gehörte zu denen, die dieses Land nach dem Krieg aus dem Nichts mit aufgebaut haben. Glaubst Du, wir wollten das so?" Der alte Mann lässt sich wieder in die Kissen zurückfallen. „Ruhig, Großvater, schone Deine Kräfte!" „Ich habe keine Kräfte mehr, ich bin fertig mit der Welt." Er schließt die Augen.

Kurz darauf fällt Alfred in einen tiefen, aber kurzen Schlaf. Stefan nutzt die Gelegenheit und ruft seinen Vater an. „Wenn Du Opa noch mal sehen willst, dann musst Du ganz schnell kommen. Und, übrigens, er ist vernünftiger mit seinen Ansichten als Du, das muss ich schon sagen." Rede und Gegenrede. Schließlich das Versprechen vom fernen Ende. „Ich komme."

Als Alfred wieder erwacht, sind einige Viertelstunden vergangen. Die Stimme des Alten ist brüchig. „Stefan … Stefan?" „Ich bin hier, Großvater. Möchtest Du was?" „Hör mir zu. Wenn es vorbei ist, dann kannst Du Dir von meinen Sachen nehmen, was Du möchtest. Ich hab ja nicht viel. Aber nimm auf alle Fälle das blaue Büchlein mit. Da hab ich manches aufgeschrieben, was mich bewegt hat. Ich hab leider nie Talent zum Schreiben gehabt, aber ein paar Gedanken sind es allemal." Schweigen. Dann führt Alfred den Gedanken fort. „Wenn man will, dass sie einen nicht vergessen, muss man was aufgeschrieben haben. Man muss im Leben alles schriftlich machen, sonst wird's nichts." Ein Lächeln umspielt seinen Mund. Umständlich dreht er sich zum Nachttisch um, zieht ihn auf. Er nimmt eine kleine Tasche heraus und öffnet sie. Ein alter Kompass kommt zum Vorschein. „Hier, Stefan, für Dich. Den hatte schon mein Großvater, ist mit ihm durch die amerikanische Prärie geritten. Ist bestimmt wertvoll das Ding. Ich schenk ihn Dir, damit Du immer die Richtung bestimmen kannst." Er stöhnt und atmet schwer. „Die Richtung zu kennen ist wichtig, mancher irrt sein Leben lang umher und weiß nicht, wohin er soll." Stefan nimmt das Gerät in seine Hand. „Danke, Großvater, aber …" „Kein aber, er gehört Dir, Familienerbstück sozusagen. Ich durfte ja nie in die Prärie, aber die kasachische Steppe war auch ganz schön."

Stefan sieht ihm an, dass er in Gedanken weit fort ist, in einer fernen, längst vergangenen Zeit. Als Alfred aus seinen Gedanken zurückkehrt, spricht er weiter. „Reisen bildet, aber nur den, der ohne Erwartung reist. Heutzutage reisen alle, aber sie bilden sich nicht. Die Menschen wissen viel und sind doch nicht gebildet. Ich glaube fest daran, dass es die olle DDR noch gäbe, wenn sie die Leute hätten reisen lassen. Obwohl die meisten Freiheit mit Reisen verwechselt haben, geht es nicht ohne Welterkundung. Vielen von uns Alten stand der Sinn gar nicht nach Reisen, wir glaubten, Freiheit erreicht zu haben, wenn wir frei von Ausbeutung waren. Das war'n großer Irrtum." Der alte Mann legt sich wieder in sein Kissen. „Freiheit ist ein Zustand, dem man sich nur annähern kann, erreichen wird man ihn nie." „Großvater, schone Dich!" Stefan ist besorgt. Die Augen des Alten springen umher, als ob er noch wichtige Dinge erledigen muss, unaufschiebbare Dinge, die unbedingt getan werden müssen.

Der Vormittag vergeht, ohne dass Alfred noch einmal etwas gesagt hätte. Er atmet ruhig mit gleichmäßigen Atemzügen. Kurz vor elf hört der Alte dann mit dem Atmen auf. Ohne Aufsehen, ohne die Augen noch einmal zu öffnen, gleitet Stefans Großvater in das unbekannte Land hinüber, dass irgendwann jeder zu sehen bekommt. Stefan hält die Hand des Alten. Tränen laufen ihm übers Gesicht. Er hat den Großvater in den letzten Wochen kennen und schätzen gelernt und nun ist er tot. Nie können wir etwas festhalten im Leben, auch wenn wir es gerade erst gewonnen haben. Stefans Großvater war anders gewesen, als ihn sein Vater ein halbes Leben lang darzustellen versucht hatte. Er war ein weiser alter Mann geworden, dem man nichts mehr vormachen konnte. Und obwohl Stefan schon am Beginn seiner Reise klar war, dass er wohl Abschied würde nehmen müssen, so traf ihn gerade diese Gewissheit umso heftiger.

Stefan kümmert sich um all die Dinge, die erledigt werden wollen, wenn ein Mensch aus dem sichtbaren Leben heraustritt und jene, die als Hinterbliebene bezeichnet werden, ratlos zurücklässt. Der Arzt kommt, der Pfarrer und der Bestatter kommen, sie kommen und gehen, lassen Stefan in seinem Schmerz allein. Am späten Nachmittag treffen dann endlich Stefans Eltern ein. Michael klingelt an der Vordertür des Hauses. Stefan öffnet. „Ihr kommt zu spät." Es ist nur eine Feststellung, kein Vorwurf. Stefan erzählt seinem Vater von jenen Dingen, die Alfred ihm in den letzten Wochen anvertraut hat. Michael ist weit davon entfernt, seinem Vater zu grollen, jetzt, wo er tot ist. „Großvater hat mir von Euch erzählt, von Eurem Zerwürfnis, von Prora und Deinem … Unfall."

Michael ist überrascht. „Das war kein Unfall. Es war Verzweiflung." Stefan und sein Vater sitzen zusammen auf der Bank im Vorgarten, so wie er in den Tagen zuvor mit seinem Großvater da gesessen hatte. „Der alte Mann hätte es gern gesehen, wenn Du ihn noch einmal besucht hättest. Er war ganz anders, als ich ihn mir durch Deine Erzählung vorgestellt hatte.

Weniger verbohrt, viel offener. Und ich glaube, er hat vieles heute anders gesehen als damals." Micha hört seinem Sohn aufmerksam zu. Dann sagt er: „Es ist wie so oft im Leben. Wir können die verpassten Gelegenheiten nicht rückgängig machen." Und er fügt leise hinzu: „Es tut mir wirklich leid. Ich habe die ganzen Jahre über nur Wut verspürt, jetzt verspüre ich nur noch Trauer. Schließlich konnte Vater persönlich wirklich nichts dafür, dass die Dinge so waren, wie sie waren." Stefan nickt. „Ja, er wollte ein viel offeneres und freieres Land. Und doch vertrat er damals die offizielle Linie des Staates, das musste er, sonst wäre er weg gewesen." Stefan erzählt seinem Vater von der Zeit nach dem Ereignis in Prora. „Großvater hat sich wohl rechtfertigen müssen für das, was Du auf der Insel ... sagen wir, angerührt hast." Micha stimmt seinem Jungen zu. „Ich glaube, ich wollte sogar auch ihn mit treffen damals. Er sollte sich ärgern, aber schließlich hatte er nur Ärger. Wenn man jung ist, handelt man manchmal unbesonnen." Stefan und sein Vater blieben noch einige Tage im Haus des verstorbenen Großvaters. Sie sahen sich die

Sachen des Alten an, stöberten in der Bibliothek und am dritten Tag fand die Beerdigung statt.

Auf dem Friedhof hinter der kleinen Kirche kommen nur wenige Menschen zusammen. Der Pfarrer spricht ein paar Worte. Er weiß, dass der verstorbene Alfred kein Christ, kein Kirchgänger war. „Erde zu Erde, Asche zu Asche, Staub zu Staub..." Was bleibt von einem, der viele Jahre angeblich auf der falschen Seite stand, der kämpfte und verlor? Micha wirft eine Handvoll Erde auf den Sarg, Stefan ebenfalls. Die Glocken läuten und künden vom Tod eines Aufrechten, der kein Gläubiger war und doch fest an seine Sache glaubte.

Im Haus des Großvaters gibt es nun nichts mehr zu tun. Stefan schaut sich um. Er geht an das verstaubte Bücherregal und greift nach dem blauen Büchlein des Großvaters. Es ist voller Notizen und Gedanken. Viele brauchbare werden darunter sein. Dann greift er zu Strittmatters Bienkopp. Beide Bücher, das gedruckte wie das handgeschriebene, steckt der Enkel in seinen Rucksack. Er denkt, dass er beide nötig haben wird in der kommenden Zeit. Der Abend ist noch jung, als Stefan sich an seinen Vater wendet. „Ich wünsche mir, dass wir beide nach Prora fahren und Du mir alles zeigst und erzählst." Michael nickt. „Gute Idee."

16

Im Versammlungsraum der Kompanie ist die Inquisition zusammengetreten. So kommt es Micha jedenfalls vor. Vorn am Präsidiumstisch haben Hauptmann Bobersen, ein Major der Fachrichtung Nachrichtentechnik, Hauptfeldwebel Dickwein und der Parteisekretär Platz genommen. Im Publikum sitzen diejenigen Soldaten und Unteroffiziersschüler der Kompanie, die auch Parteigenossen sind. Micha sitzt in der ersten Reihe, er fühlt sich als Angeklagter und ein wenig als Aussätziger, nachdem er gleich nach seinem Urlaub dem Kompaniechef ein Schreiben übergeben hatte, in dem er seine Verpflichtung zum dreijährigen Ehrendienst zurücknahm. Nun soll er sich heute hier dafür verantworten.

Stille im Raum. Bobersen ergreift das Wort. „Einer unserer Unteroffiziersschüler hat den Entschluss gefasst, uns verlassen zu wollen.

Dazu später mehr. Zunächst hat unser Genosse Parteisekretär das Wort." Der erhebt sich schwerfällig. „Genossen! Wir leben in einer Zeit der Kämpfe und der Gefahren für den Frieden und die Sicherheit in unserer Republik. Deshalb kann es uns nicht gleichgültig sein, wenn ein junger Mensch aus unseren Reihen seinen Beitrag zur Erhaltung des Friedens nicht mehr leisten will. Wir sollten versuchen, ihn auf den rechten Weg zurückzubringen." Während der Parteisekretär spricht, tuscheln Bobersen und Dickwein kurz. „Wir können es nicht hinnehmen, dass labile Haltungen die Sicherheit gefährden. Es wird zu untersuchen sein, welchen Anteil die Vorgesetzten der Kompanie am Verhalten des Unteroffiziersschülers haben. Aber wir sollten ihn zunächst selbst anhören." Der Hauptfeldwebel fordert Michael auf. „Genosse Unteroffiziersschüler, erklären Sie uns, warum Sie Ihre Verpflichtung zurücknehmen wollen!"

Micha erhebt sich, die Knie zittern ihm. Er spricht leise, fast zu leise. „Ich habe mich zu einem dreijährigen Dienst in der NVA verpflichtet, weil ich dachte, damit einen Beitrag für den Frieden zu leisten. Ich dachte, es wäre richtig." Gemurmel geht durch die Anwesenden. „Dabei wusste ich nichts, gar nichts, von der Armee. Und hätte ich gewusst, welche Bosheiten mich hier erwarten, welche Demütigungen und welche Schikanen, wäre ich nie auf die Idee gekommen, mehr als den Grundwehrdienst ..." Bobersen fällt ihm ins Wort. „Von welchen Schikanen sprechen Sie eigentlich? Was meinen Sie damit?" Micha gelingt es, ruhig zu bleiben. „Ich meine damit, dass ich es nicht nötig finde, dass Knöpfe abgeschnitten werden. Dass man bis zum Umfallen körperlich getriezt wird, auch wenn man ein wenig unsportlich ist. Dass man nicht stundenlang sinnlos auf dem Appellplatz stehen muss, dass man nicht mit Knüllpapiersammeln bestraft wird, dass man nicht wie im Gefängnis ..." Diesmal unterbricht ihn der Parteisekretär.

„Sie vergleichen unsere sozialistische Armee mit einem Gefängnis? Das wird ja immer schöner. Überlegen Sie sich gefälligst, was Sie sagen, Mensch!" Micha wird unsicher. Er möchte keine weitere Fläche bieten, die ihn angreifbar macht. „Ich meinte, dass man manchmal das Gefühl hat, wie ein Häftling behandelt zu werden." Der Major ergreift das Wort. „Sie sollen hier Disziplin lernen, Sie sollen lernen, Befehle auszuführen ohne zu diskutieren. Nur so können wir im Ernstfall siegen. Dass das für den Einzelnen manchmal Härten mit sich bringt, ist nun mal so. Wir sind hier bei der Armee und nicht in einem Weiberklub." Und dann fügt er noch hinzu: „Ich hoffe, Sie verstehen das, und ich hoffe, dass wir die Angelegenheit hier klären können und Sie zur Vernunft kommen." Micha schweigt. Bobersen ergreift das Wort. „Michael, Sie sind doch für den Frieden, oder?" Micha nickt. „Dann müssen Sie zu seinem Erhalt auch Ihren Beitrag leisten. Wir brauchen Sie." Micha antwortet leise. „Ich glaube nicht, dass Sie mich brauchen. So wie ich, wie wir alle in den letzten Monaten hier behandelt wurden. Wir sind schließlich freiwillig hier. Und im Ernstfall, wie Sie ihn nennen, sollen wir gemeinsam kämpfen. Ich kann nicht erkennen, was wir gemeinsam haben."

„Werden Sie nicht frech, Genosse Unteroffiziersschüler!" Dickwein erregt sich, sein Goldzahn blitzt wieder. „Sie sind nicht hier, um selber zu denken. Sie sollen zum Vorgesetzten ausgebildet werden, das verlangt Disziplin und Härte. Das verlangt Männer. Glauben Sie mir, wir werden auch aus Ihnen noch einen machen." Micha sieht zu Boden. Bobersen legt seine Hand auf Dickweins Arm und schüttelt sacht mit dem Kopf. Dann spricht er wieder. „Genosse Stern! Wir geben Ihnen jetzt mal eine Viertelstunde Zeit, noch einmal über alles nachzudenken. Bitte überlegen Sie sich genau, welche Konsequenzen Ihr Handeln für Sie und auch für Ihren Vater hat. Er ist schließlich Parteisekretär und Sie als sein Sohn sollten ihn tatkräftig unterstützen. Stattdessen arbeiten Sie den Feinden des Friedens in die Hände. Denken Sie daran, dass unsere sozialistischen Errungenschaften geschützt werden müssen. Wir müssen dazu unseren Beitrag leisten. Und Sie müssen einsehen, dass dafür auch ein Mindestmaß an Härte und Disziplin nötig sind, auch und gerade Sie müssen das einsehen!"

In der Pause verlassen fast alle den Raum. Niemand spricht mit Michael. Er bleibt auf seinem Stuhl sitzen, seine Hände sind schweißnass. Er weiß, wenn er jetzt bei seiner Meinung bleibt, seine Verpflichtung zurücknimmt, er sich nicht von den Worten der Vorgesetzten beeinflussen lässt, dass er sich dann sein Leben so ziemlich verbaut. Ein Studium wird auf lange Sicht nicht möglich sein, beruflicher Aufstieg schwer werden. Er wird geächtet werden von jenem Staat, dem sein Vater scheinbar unkritisch dient. Er wird Arbeit finden, einfache Arbeit, irgendwo. Er wird ein einfaches Leben führen müssen. Noch hat er es in der Hand. Noch kann er es als Irrtum aussehen lassen, als Überreaktion auf die ersten Monate des ungewohnten Alltags bei der Armee.

Die fünfzehn Minuten dehnen sich zur Ewigkeit. Als die Tür wieder geschlossen wird und sich alle auf ihre Plätze gesetzt haben, nimmt Hauptmann Bobersen das Wort auf. „Genosse Unteroffiziersschüler, stehen Sie auf. Wir fragen Sie jetzt ein letztes Mal. Bleiben Sie dabei, Ihre Verpflichtung zum dreijährigen Ehrendienst in den Streitkräften unserer sozialistischen Republik zurückzunehmen? Ja oder nein? Bedenken Sie die Folgen Ihrer Entscheidung!"

Vor den Fenstern treibt der Wind sein Spiel mit den Bäumen und dem Meer. Im Raum drinnen hat sich Kälte breitgemacht. „Nun?" Bobersen wird ungeduldig. „Bleiben Sie dabei?" Michael nimmt den Blick, der bis jetzt auf den Boden gerichtet war, auf, und schaut Bobersen direkt in die Augen. Es gibt jetzt nur eine Antwort, die ihm möglich erscheint. „Ja, ich bleibe dabei."

Stille. Die Vorgesetzten wechseln Blicke. Der Hauptfeldwebel fasst sich als Erster. „Gut, verlassen Sie jetzt den Raum. Bis zur Klärung aller Formalitäten halten Sie sich in Ihrer Stube bereit."

Micha geht auf den Flur hinaus. Er ist kein bisschen stolz auf sich, weiß aber, dass er nicht anders handeln konnte. Auf der Stube erwarten ihn Hansa, Uwe und die anderen. „Na, wie stehen die Dinge?" „Wir werden wohl nicht mehr lange zusammen sein, schätze ich. Ich habe meine Verpflichtung zurückgenommen." Manchmal sagen Gesten mehr als Worte. Uwe klopft Micha auf die Schulter, Hansa ebenfalls. Die anderen schweigen.

An diesem Abend hat die Kompanie wieder Wache. Micha wird frei gestellt. Gegen drei Uhr am Nachmittag ist die Stube leer, Micha allein. Kurz nach vier wird er zum Kompaniechef befohlen. Bobersen ist wieder ganz Militär.

„Nun, wir haben ja heute Ihre Entscheidung zur Kenntnis genommen. Ich bedauere die. Aber des Menschen Wille ist sein Himmelreich, wie man so schön sagt." Der Hauptmann steht auf. „Sie haben sicher geglaubt, dass Sie nun schnell nach Hause können, wenn Sie Ihre Verpflichtung zurücknehmen. Da muss ich Sie leider enttäuschen. Da Sie vereidigt sind, bleiben Sie Angehöriger der Streitkräfte. Sie werden mit sofortiger Wirkung als Soldat nach Eggesin versetzt."

Bobersen genießt die Wirkung seiner Worte. Er weiß um die Gerüchte, die sich mit diesem Ort verbinden. Unter den Soldaten gibt es den Spruch „Sandmeer – Waldmeer – nichts mehr", wenn von Eggesin die Rede ist. „Ich kenne in Eggesin ein paar Offiziere, die werden sich Ihrer annehmen und glauben Sie mir, nach spätestens drei Wochen werden Sie sich wünschen, nie von hier fortgegangen zu sein." Bobersen setzt sich wieder. „Ich möchte Ihnen keine Angst einjagen, aber glauben Sie nicht, dass wir Sie so einfach gehen lassen. Sie packen jetzt Ihre Sachen zusammen, lassen sich vom Hauptfeldwebel Soldaten-Schulterstücke geben. Morgen um acht werden Sie abgeholt. Treten Sie weg!"

Micha fühlt sich wie vor den Kopf geschlagen. Er hat sich Gedanken darüber gemacht, was ihm langfristig passieren kann, aber was kurzfristig auf ihn zukommen würde, daran hat er in den vergangenen Tagen und Stunden nicht gedacht. Was würde jetzt passieren? Welche Schikanen würden ihn erwarten, welche Gemeinheiten lagen auf Lauer, um ihn zu piesacken? Ihm wird immer klarer, dass er nicht entkommen kann. Er ist auf Gedeih und Verderb ausgeliefert, diesem System ausgeliefert, welches sein Vater, der Parteisekretär, mit aufgebaut hat. Anspruch und Wirklichkeit dieses Landes klaffen auseinander, überall in der Republik. Aber hier, bei der

Armee, wird der Widerspruch besonders deutlich.

Michael wird bewusst, dass er in den nächsten Monaten kein leichtes Leben haben wird. Er wird den Launen der Vorgesetzten ausgesetzt sein, die werden ihn auf dem Kieker haben, werden mit ihm spielen und ihm das Leben zur Hölle machen. Er wird seine achtzehn Monate Grundwehrdienst leisten müssen, aber unter erschwerten Bedingungen. Er ist der Vorbelastete, der, auf den man ein Auge haben wird. Lohnt es sich, das durchzustehen? Micha stellt sich die Frage wieder und wieder. Schon morgen früh soll er eine Reise ins „Nichts-Meer" antreten. Eggesin, der Ort ist gefürchtet, bekannter noch, als es Prora ist. „Welche Alternativen habe ich?" Auch diese Frage stellt sich Michael im Laufe der nächsten Stunden mehrfach. Er ist noch immer allein auf der Stube, die Kameraden stehen Wache. Michael denkt an die Begegnung mit dem Arrestanten Norbert Klein. Wie wird es ihm gehen, da, wo er jetzt ist? Auch er wollte zurück, seine Entscheidung rückgängig machen. „Die werden mich auch zur Sau machen, wie den!" Leise spricht Micha vor sich hin. Die Dunkelheit ist längst hereingebrochen und verstärkt das Alleinsein noch. Micha öffnet das Fenster, setzt sich wieder an den Tisch und stützt den Kopf in die Hände. Die Seeluft drängt mit Macht in den kleinen Raum. Die Ostsee rauscht, sonst ist kaum ein Laut zu hören. Nur aus der unteren Etage dudelt leise Radiomusik herauf.

Plötzlich kennt Micha den Ausweg, plötzlich liegt die Antwort klar vor ihm. Er weiß, was er tun muss, um sich dem zu entziehen, was ihn zu erwarten scheint.

Ja, er hat eine Alternative zu allem hier und der ungewissen Zukunft. Er kann fliehen, sich ungehorsam zeigen, aussteigen. Unvermittelt steht er auf. Dabei fällt der Hocker um, auf dem er gesessen hat. Micha geht zögernd zum Fenster. Er tritt auf die Fensterbank, hält sich nur kurz am Rahmen fest.

Das Meer rauscht und rauscht. Michael hört es im Fallen. Dann ist Dunkelheit um ihn.

17

Dezember in Prora. Der Winter hat zeitig Einzug gehalten in diesem Jahr. Auf der Betonstraße vor den Treppenhäusern liegen überfroren gelbe und braune Blätter. Unaufhörlich schneit und regnet es. Hansa und Uwe sind allein unterwegs. Sie haben Küchendienst und sollen sich in der Schälküche im anderen Block melden. Dort wird Verstärkung gebraucht. Sie gehen zügig, obwohl sie es eigentlich nicht eilig haben müssten. Hansa hat die Schultern hochgezogen und hofft so, weniger Nässe abzubekommen. „Scheiß Wetter, scheiß Dienst!" Uwe nickt. „Dat kannste wissen." Sie laufen auf der einsamen, endlosen Straße. Von Schälküche zu Schälküche sind es vielleicht tausend Meter, ihnen kommt es vor, als hätten sie einen Tagesmarsch zu bewältigen. Im Öl der Pfützen spiegelt sich regenbogenfarben der Himmel. Die Kleidung der beiden ist fast durchgeweicht. Die Kälte kriecht hoch. „Ein Soldat zittert nicht vor Kälte, sondern vor Wut, weil ihm nicht kalt genug ist." Uwe kann jetzt mit Hansas Humor nichts anfangen. Endlich sind sie am Ziel.

Als sie den Raum betreten, schlägt ihnen der feuchtwarme Küchendunst entgegen. „Wir soll'n uns hier melden zum Schälen." Hansa verzichtet auf alles Militärische, als er merkt, dass weit und breit kein Vorgesetzter zu sehen ist. Ein ihm unbekannter Unteroffiziersschüler zeigt auf den Bottich neben ihnen. „Der muss voll werden, da habt Ihr was zu tun." Uwe setzt sich auf einen Hocker und nimmt umständlich sein Messer aus der Tasche. Auch Hansa beginnt zu schälen. Nach einer Stunde ist erst mal eine Rauchpause angesagt. Im Bottich liegen derweil lächerlich wenige geschälte Kartoffeln. Zu zweit wird das eine Aufgabe von Stunden werden. Uwes Hände sehen geschwollen aus, die Kartoffelstärke zieht in die Haut. Mit einer Zigarette im Mundwinkel schälen beide weiter.

Die Eingangstür geht auf, ein Typ in Schwarzkombi steht im Türrahmen. Ein Hänfling, schlotternd, unsicher, seine Augen versuchen einen Halt zu finden. „Soll mich hier melden." Er spricht kaum hörbar. Uwe zeigt auf den Hocker neben sich. „Hier, kannste gleich mitmachen." Schweigen und Schälen. Hansa sieht auf den Hinzugekommenen. Seine Hände zittern, überhaupt scheint der Kerl zu frieren. Dafür aber schält er, als müsste ein Rekord gebrochen werden. „He, mach man langsam, wir haben Zeit." Ein wirrer Blick trifft Uwe. Der Neue greift nach der Kartoffel, schält und wirft sie sofort in den Bottich. Greifen, schälen, werfen. Hansa stößt den Kerl an. Der schrickt zusammen, rückt sofort ein Stück zurück mit seinem Hocker. „He, welche Kompanie bist'n?" Schweigen. Der Kerl ist kein Schüler, die Schulterstücke weisen ihn als Soldaten aus, ein einfacher Soldat, aber ein merkwürdiger dazu. Greifen, schälen, werfen. „Willst wohl nicht mit uns reden, willste wenigstens ne Kippe?" Hansa bietet dem Soldaten eine Zigarette an. Der schaut ihn an, mit leerem Blick, verständnislos. Dann greift er nach der Schachtel, mit großer Unsicherheit. Narben sind auf den Unterarmen zu sehen, als die Ärmel beim Greifen hochrutschen. Nach dem Anzünden der Zigarette raucht der Soldat in schnellen Zügen. Dabei blickt er stur nach unten, kein Blickkontakt zu Hansa und Uwe. Ganz leise nur ein Wort. „Danke." Die beiden Kameraden schauen sich an. Jeder denkt sich seinen Teil. Offenbar ein seltsamer Typ, der schmale Typ.

Nach einer weiteren Stunde ist der Boden des Bottichs schon gut gefüllt. Der Soldat hat bisher kein weiteres Wort gesprochen. Uwe, der immer zu Gesprächen aufgelegt ist, geht das Schweigen auf den Nerv. Er versucht es noch mal. „Erzähl doch mal'n Schlag, woher kommst'n?" Der Kerl in der Schwarzkombi hebt kurz den Kopf, schaut Uwe an und schüttelt fast unmerklich den Kopf. Dann schält er eifrig weiter. Angst, Uwe durchfährt die Erkenntnis blitzartig. Der Kerl hat Angst vor ihnen. Aber warum?

Greifen, Schälen, Werfen. Nach drei Stunden ist der Bottich zu dreiviertel voll. Hansa und Uwe unterhalten sich, über die Mädels daheim, ihre Hobbys und über den nächsten Urlaub, der zu Weihnachten ansteht. Immer wieder versucht Uwe, den Soldaten zum Reden zu bringen. „Welches Diensthalbjahr bist'n?" Auch jetzt wieder erschrickt der Soldat, als er angesprochen wird. Aber nach all den Stunden in der Schälküche hat er offenbar Vertrauen zu den beiden gefasst. Ohne auf die Frage einzugehen, antwortet er: „Muss nachdienen, paar Wochen noch." Und dann ergänzt er leise: „War in Schwedt, vier Monate … schlimm." Weiter sagt

153

er nichts. Hansa und Uwe schweigen ebenfalls. Wenn vom Militärknast Schwedt die Rede ist, wird meist geschwiegen. Und jene, die dort waren, sind auf ganz besondere Art still.

Hansa bricht das Schweigen erneut nach einer ganzen Weile. „Haste auch 'nen Namen?" Zwischen Werfen und Greifen blickt der Soldat kurz auf. Seine Augen flackern. „Norbert heiße ich, Norbert Klein aus Magdeburg."

18

Prora steht auf dem Ortseingangschild. Sie stellen das Auto ab. Vater und Sohn gehen zu dem kleinen Bahnhof. Ein Gleis, ein Häuschen, unspektakulär. Tausende kamen hier im Lauf der Jahre an, Tausende fuhren auf Urlaub oder kamen zurück. Ein Gleis, ein Häuschen, wenn sie erzählen könnten. Dann ein Hinweisschild. Darauf steht „Ehemaliges KdF-Bad". Es zeigt Richtung Ost, dort wo Strand, Wellen und Meer zu vermuten waren. Michael starrt ungläubig auf das Schild. „Schon wieder Lügen, sie lügen, sie biegen sich die Dinge zurecht, wie sie gebraucht werden." Stefan schaut seinen Vater fragend an.

„Wieso, was ist denn?" „Wir sind hier am Ort der größten Kaserne in der ehemaligen DDR. Glaub mir, ich bin darauf nicht stolz, dazu hab ich hier zu viel erlebt. Das ganze Ding war aber nicht einen Tag lang ein KdF-Bad. Die Nationalsozialisten hatten es als solches geplant, nach Kriegsende war es im Rohbau. Wer kommt auf die Idee, das Ding heute noch KdF-Bad zu nennen?" Micha ist erregt. Stefan fragt. „Was heißt KdF gleich noch?" „'Kraft durch Freude', Hitlers Freizeitorganisation, hat Urlaubsreisen organisiert und so was." Michael kann sich nicht beruhigen. „Wer das Ding hier als ehemaliges KdF-Bad ansieht, vergisst ganze vierzig Jahre Geschichte. Aber wahrscheinlich geht's wieder nur ums Geld. Ein altes Nazibad ist ja interessanter als eine Großkaserne der NVA und zieht entsprechend mehr Leute an." Michael seufzt. „Die Hoheit über die Geschichtsschreibung haben immer die Sieger. Hier war nie ein KdF-Bad, es sollte eins werden und wurde dann aber Kaserne."

Die beiden verlassen den Bahnhof, gehen direkt in das Objekt hinein. Micha fröstelt, obwohl die Sonne hoch steht. Er sieht sich selbst, wie er im Jahr 1983 hier an einem kalten Maimorgen ankam. „Hier war früher die offizielle Einfahrt, KDL hieß das, Kontrolldurchlass. Daneben lagen Wache und Arrestzellen." Micha deutet auf ein unscheinbares Gebäude. „Hier hab ich mal einen Arrestanten kennengelernt, der in den Militärknast nach Schwedt musste, war 'ne arme Sau." Stefan schaut sich interessiert um. Sie laufen weiter. „Du kannst Dir nicht vorstellen, wie einen dieses Gelände schockiert, wenn man morgens völlig übermüdet hier reingetrieben wird." Ein großer Platz wird sichtbar, links vom Weg. Am Himmel kreisen ein paar Möwen. „Das war einer der Sportplätze, hier fand auch die Vereidigung statt." Die Möwen wissen nichts von der Geschichte des Ortes, sie kreisen weiter. Dann der erste Eindruck vom Bauwerk. Links Ruinen, daneben teilsanierte und offenbar genutzte Gebäude. „Das war das sogenannte ‚Haus der Armee', eine Gaststätte in der Kaserne. Durfte man nur mit Ausgangskarte betreten." Der Blick fällt auf einen größeren Platz. „Das war der Appellplatz, daneben gab es ein Häuschen, in dem wurde die Dichteprüfung der Schutzmasken durchgeführt. Ich weiß noch, dass ich Angst hatte, das Ding könnte undicht sein. Die haben da eine Art Tränengas verwendet, das hing nachher in den Klamotten und so hatten wir trotzdem was davon."

Nach ein paar hundert Metern ist Stefan schockiert. Zum ersten Mal sieht er die Größe dieses Bauwerkes. Eine endlos scheinende Betonstraße, ein endlos scheinendes Gebäude mit einander ähnelnden Treppenhäusern. Von oben muss der Grundriss kammartig aussehen. Das Ende des Gebäudes ist nicht erkennbar, weil es, der Straße und dem Gelände folgend, leicht gekrümmt ist. „Ist ja furchtbar!" Stefan ist ehrlich beeindruckt.

Michael bleibt stehen. „Hier vorn war der Stab, da irgendwo die Fachrichtungsleitung. Und in den Längsgebäuden die einzelnen Kompanien. Die Zinken vom Kamm sind die Treppenhäuser, da sind auch die Toiletten drin gewesen und Abstellräume." Sie gehen auf der Betonstraße weiter, die Sonne im Gesicht. „Wir sind hier im Südteil der Anlage. Das ganze Ding gibt's spiegelbildlich noch mal nach Norden zu. Werden wir nachher noch sehen." Die Schritte auf dem Beton werden mühsam. Micha merkt es nicht. Er ist weit weg mit den Gedanken. Er sieht diese Straße, aber er sieht sie Jahrzehnte zurückliegend. Offiziere gehen hier, Kompanien marschieren im Gleichschritt, junge Soldaten im braunen Trainingsanzug werden im Laufschritt gescheucht. Einzelne Unteroffiziersschüler kommen gelaufen. Einer wird zurückgeschickt, weil er nicht ordentlich gegrüßt hat. Eine Kompanie kommt mit Gesang vom Essen. Ein Mensch in Schwarzkombi muss zum Arrest einrücken, als Strafe schleppt er eine 50-Kilo-Hantel mit. Eine Gruppe kommt im Laufschritt, alle haben ihre Schutzmasken auf. Einer in der letzten Reihe fällt, kann nicht mehr, Schwächeanfall. Gedankenfetzen verweben sich vor Michaels Augen zu einem Mosaik aus der Vergangenheit.

Ein Hupen reißt ihn aus seinen Gedanken, ein Auto fährt auf der Betonstraße. Ein ziviles Auto wäre hier früher undenkbar gewesen. Michael deutet auf einen der Eingänge links. „Das war eine der Küchen mit Speisesaal. Wenn wir früh manchmal als erste da waren, weil wir Küchendienst hatten, rannten die Kakerlaken unter den Tischen davon. Und dann das

Kartoffelnschälen. Manchmal von Nachmittag an bis weit nach Mitternacht, drei riesige Bottiche voll. Wir mussten ja beschäftigt werden." Kurz darauf sind sie am Ende eines der riesigen Gebäudekomplexe angelangt. Michael zählt die Treppenhäuser. „Hier, das zweite Treppenhaus war unser Eingang, in den ersten Wochen ging es nur im Laufschritt die Treppe rauf." Ein großes Schild weist darauf hin, dass sich hier ein NVA-Museum befindet. Stefan zeigt darauf. „Das schauen wir uns später an, wir gehen am besten mal die Frühsportstrecke ab, da kannst Du das ganze Objekt kennenlernen."

Micha möchte jetzt in kein Museum, er ist in seinem eigenen Museum zu Besuch. „Da vorn stand ein Gebäude, das sie offenbar weggerissen haben. Das war ein Duschhaus. Einmal in der Woche war Duschen befohlen. Hundert Mann gleichzeitig in einem riesigen Saal." Er zeigt auf das Wäldchen dahinter. „Dort muss noch heute eine Kiste liegen, die wir vergraben mussten. Es gab eine Inventur und unser Hauptfeldwebel hatte eine Kiste mit Sanitätsmaterial zu viel, die musste weg. Ja, vergraben und unter den

Teppich kehren wird zu allen Zeiten gern gemacht, auch heute."

Micha führt seinen Sohn um das Gebäude herum. Hier war es geschehen. Sie treten ein paar Meter zurück. Michael zählt die Fensterreihen ab. Dann zeigt er auf eines der vielen, gleich aussehenden Fenster. „Dort, das war unsere Stube. Und das ist das Fenster, aus dem ich …" Stefan bringt kein Wort heraus. Er stellt sich vor, wie sich sein Vater auf den schmalen Sims stellt und springt. Es ist hoch, aber es war nicht hoch genug für einen Tod, es reichte nur für Knochenbrüche und eine verwundete Seele. Stefan legt seinen Arm um den Vater. „Es ist vorbei, lass los, was war." Michael atmet tief durch. „Ja, Du hast recht, es ist vorbei, für immer."

Sie laufen weiter, am nächsten Monsterblock vorbei. „Hier waren die Militärmusiker drin, die durften schon mit sechzehn Jahren einrücken." Das Gebäude nimmt kein Ende. Stefan fragt: „Wie lang ist denn das Ganze hier?" „Insgesamt wohl fünf Kilometer, also jeweils Nord- und Südteil. Dazwischen sollte ja ein riesiger Festhallenkomplex entstehen." Dann endlich erreichen sie das Ende des Blocks, dahinter beginnt ein weiterer. „Das war das Erholungsheim der NVA, war tabu für uns und durch Stacheldraht abgezäunt. Hier sind wir jeden Morgen am Zaun zum Strand runter, im Laufschritt natürlich. Wurde jemand beim Versuch erwischt, die Frühsportrunde abzukürzen, dann durfte der ganze Zug den Frühsport nachholen."

Sie gehen zur See hinunter. Die Wellen drängen mit Macht an den Strand, Möwen picken und kreischen. „Baden war nur mit einem sogenannten Badebefehl erlaubt." Michael und Stefan laufen am Ufer die Strecke zurück, die sie soeben landseitig gegangen waren. „Das war nachts Postenbereich, wer hier Wache hatte, konnte die Sterne beobachten und den Schiffen zusehen, die sich als Lichtpunkte übers Wasser bewegten. Und er konnte Fernweh bekommen." Der Rest eines Bauwerkes wird erkennbar. „Das dahinten ist die Kaimauer, geplant war da eine riesige Seebrücke, die nie gebaut wurde."

Als sie die Mauer erreichen, ist es fast Mittag. Stefan und Michael steigen die Treppe hinauf.

Von oben hat man einen guten Überblick. Ziemlich nah ist ein Teil der Ruine des Südteils zu erkennen. Dann ein riesiger freier Platz, aus dem Ruinenteile ragen. „Das sollte mal die Festhalle werden bei den Nazis. Manchmal haben wir in der Freizeit die Ruinen untersucht, sind dort herumgeklettert, war aber verboten und deshalb doppelt interessant." Und dahinter ist das Spiegelbild der Südblöcke, der Nordteil der Anlage, zu erahnen. Micha zeigt mit ausgestrecktem Arm darauf. „Dort wurde auch ausländisches Militär ausgebildet, war wohl ziemlich geheim. Und dann gab's da auch Bausoldaten, die wurden beim Bau des Hafens Mukran eingesetzt." Michael zeigt über die Ostsee. Ganz fern ist der Fährhafen erkennbar.

„Weißt Du, Stefan, die Bausoldaten, wurden im Grunde weniger enttäuscht von ihrer Armeezeit als wir, diejenigen, die sich verpflichtet hatten. Die Bausoldaten wussten vorher, was falsch war, was sie nicht wollten. Wir mussten es erst schmerzvoll lernen. Ich hätte mich nie verpflichtet, wenn ich gewusst hätte, welcher Drill, welche Belastung und welche Schikanen für mich, für uns alle, vorgesehen waren." Stefan nickt. „Wenn man gemeinsam für eine Sache eintritt, dann schließt es sich doch eigentlich aus, dass man einander selber zum Feind wird." „So war es aber, wahrscheinlich ist es in jeder Armee so, dass Rangkämpfe zwischen Neuen und Alten, Dienstgraden und Jahrgängen ausgefochten werden. In Männergemeinschaften finden sich nicht oft echte Freunde, aber viele falsche." Und nach einer Weile des Schweigens fügt Micha hinzu: „Nie wieder würde ich freiwillig in eine Kaserne gehen, nie, egal welche. Keine Armee der Welt wird mich je wieder dazu bewegen können, mich ihr anzuschließen. Es sind nicht meine Kämpfe, die dort ausgefochten werden, nicht meine Kriege, die angezettelt werden und in denen wir kleinen Leute schießen sollen. Wenn ich noch mal vor der Wahl stünde, ich würde heute den Waffendienst verweigern, absolut und ohne Kompromisse. Das ist es, was mich meine NVA-Zeit lehrte."

Stefan schaut seinen Vater an. „Aber auch heute melden sich Leute freiwillig zur Armee, sogar zu Auslandseinsätzen. Das sind doch Friedensmissionen!" Sein Vater schüttelt den

Kopf. „Verrückte, Abenteurer und Verführte wird es immer geben, das ist leider so. Mit Waffen wird man niemals Frieden schaffen. Ich kann ja auch nur für mich sprechen und ich sage: Nie wieder! Keine Waffen und keine Armee." Stefan bleibt nachdenklich, sagt aber nichts. Ihm wird bewusst, dass sich die Einstellung von Vater und Großvater ziemlich gleichen, zumindest in dem Punkt.

Die beiden gehen zur Betonstraße zurück, laufen noch einen Bogen. „Hier war früher das Südtor, ein kleiner Ausgang für die Offiziere und Zivilbeschäftigten, die da draußen in den Reihenhäusern wohnten. Der Ausgang war bewacht. Irgendwann hat hier mal jemand einen Warnschuss abgegeben, weil sich einer der Berufsunteroffiziere nicht ausweisen wollte. Ist wohl betrunken gewesen. Selbst wenn die sich gekannt hätten, die Wache hätte ihn nicht durchlassen dürfen, schizophren nicht? Aber wer kennt sich schon wirklich."

Sie laufen schweigend weiter. Der Mittag ist längst vorüber. In Michael macht sich Erleichterung breit. Es ist gut, noch einmal hierhergekommen zu sein und sich den Geistern der Vergangenheit gestellt zu haben. Noch besser ist es, dass sein Sohn bei ihm ist. Er möchte nicht einen ähnlichen Fehler begehen, wie er ihn bei seinem eigenen Vater geglaubt hat, machen zu müssen. Jetzt hätte er sich gern mit Alfred versöhnt, aber zu spät ist zu spät.

Vater und Sohn setzen ihren Weg auf der Betonstraße fort. Es ist eine Straße von hier nach dort, vom Gestern ins Morgen. Wir alle müssen auf dieser Straße vorangehen. Draußen an der Kaimauer schlagen die Wellen in ewig gleicher Weise an den Beton. Noch lange wird dieser Beton von Wahn und Irrtum künden.

Am Abend schlägt Stefan das blaue Büchlein des Großvaters auf und beginnt zu lesen.

Nachbemerkung

Die Handlung der vorliegenden Geschichte ist frei erfunden, wenngleich Ort und Zeit dem wirklichen Leben entnommen sind. Auch sonst könnte sich manches so zugetragen haben …

Das Land, in dem die Geschichte spielt, ist untergegangen. Bald schon wird auch die Erinnerung an den Militärstandort Prora verblassen, weil er, saniert und herausgeputzt, nicht mehr von der Wirklichkeit des hier Geschehenen künden kann, und jene, die darüber berichten könnten, nicht mehr leben werden.

Irgendwann wird die letzte Betonruine in Prora verschwunden sein. Auf der Kaimauer werden dann die Möwen sitzen.

Nur der Wind und das Meer können die Zeiten überdauern.

Prora

Betongewordener Größenwahn
An der Küste auf Rügen,
Stummer Zeuge vergangener Macht
Aus einer Zeit voller Lügen.

Geisterstadt am Prorer Wiek,
Fanal gestorbener Träume,
Am Kai bricht stete Brandung den Stein,
Der Seewind weht rau durch die Bäume.

Verbogene Geschichte,
Weiße Fassade für die Leute.
Aufbegehren gegen Vergessen,
Der Koloss betrügt uns noch heute.

Über den Autor:

Matthias Stark, Jahrgang 1963, wurde in Radeberg geboren und lebt in Stolpen. Er ist Autor von Prosa und Lyrik, betreibt einen Internet-Blog und ist Mitglied der „Interessengemeinschaft deutschsprachiger Autoren" und im „Selfpublisher-Verband". Bisher veröffentlichte er in zahlreichen Anthologien sowie als Autor und Herausgeber mehrere Bücher.

Der Autor verbrachte ein Jahr seines Lebens in Prora.

www.stark-stolpen.de

Bibliografie

Als Autor:
„**Vollmondnacht**" (2006)
„**Sommerwind und Kranichruf**" (2012)
„**Sonnenkinder und Traumgestalten**" (2013)
„**Nicht nur Gegensätze**" (2016)
„**Der aus dem Wald kam**" (2016)
„**Suasio**" (2017)

Als Herausgeber bzw. Mitherausgeber:
mit Renate Brucke „**Von Bohsdorf nach Schulzenhof**" (2016)
mit Bernd Storch „**Landgang von der Fichte**" (2017)
mit Michael Becker „**Becker ungeschminkt**" (2018)